# SHIFTERS UNBOUND: ZWEI NOVELLEN

DER GEFÄHRTE DER BÄRIN, UND DAS SCHWERT DER SHIFTER

JENNIFER ASHLEY

Übersetzt von
JULIA BECKER

Übersetzt von
IVONNE BLANEY

JA / AG PUBLISHING

Originaltitel: Perfect Mate © 2014 Jennifer Ashley

Copyright für die deutsche Übersetzung: Der Gefährte der Bärin © 2017 Ivonne Blaney

Lektorat: Ute-Christine Geiler, Birte Lilienthal, Agentur Libelli

Deutsche Erstausgabe

Originaltitel: *Shifter Made* © 2011 Jennifer Ashley

Copyright für die deutsche Übersetzung: Das Schwert der Shifter © 2017 Julia Becker

Lektorat: Ute-Christine Geiler, Birte Lilienthal, Agentur Libelli

Deutsche Erstausgabe

Dieses Buch ist nur für Ihren persönlichen Gebrauch lizensiert. Es darf nicht weiterverkauft oder -verschenkt werden. Wenn Sie dieses Buch mit einer anderen Person teilen wollen, erwerben Sie bitte eine weitere Kopie für jede Person, die es lesen soll. Wenn Sie dieses Buch lesen, es aber nicht für Ihren alleinigen Gebrauch gekauft worden ist, kaufen Sie bitte eine eigene Version. Vielen Dank, dass Sie die Arbeit des Autors respektieren.

Alle Rechte vorbehalten. Kein Teil dieses Buches darf ohne Zustimmung der Autorin nachgedruckt oder anderweitig verwendet werden.

Die Ereignisse in diesem Buch sind frei erfunden. Die Namen, Charaktere, Orte und Ereignisse entspringen der Fantasie der Autorin oder wurden in einen fiktiven Kontext gesetzt und bilden nicht die Wirklichkeit ab. Jede Ähnlichkeit mit lebenden oder toten Personen, tatsächlichen Ereignissen, Orten oder Organisationen ist rein zufällig.

Cover: Kim Killion

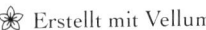 Erstellt mit Vellum

BÜCHER VON JENNIFER ASHLEY

**Die Bücher der „Shifters Unbound"-Serie**
Liams Zähmung
(OT: Pride Mates)
Der Bund des Wächters
(OT: Primal Bonds)
Bodyguard: Unter dem Shutz des Bären
(OT: Bodyguard)
Der Kuss der Feenkatze
(OT: Wild Cat)
Die Gefährtin des Jaguars
(OT: Hard Mated)
Die Leidenschaft des Alphas
(OT: Mate Claimed)
Der Gefährte der Bärin
(OT: Perfect Mate)
Die Liebes des Wolfes
(OT: Lone Wolf)
Im Bann des Tigers
(OT: Tiger Magic)
Feral Heat
Wild Wolf

Bear Attraction

Mate Bond

Die Herz des Löwen

(OT: Lion Eyes)

In den Armen des Wolfs

(OT: Bad Wolf)

Die Zärtlichkeit des Wolfes

(OT: Wild Things)

White Tiger

Guardian's Mate

Red Wolf

Midnight Wolf

Tiger Striped

Das Schwert der Shifter

(OT "Shifter Made")

**Die Bücher der „MacKenzies"-Serie**

Kein Lord wie jeder andere

(OT: The Madness of Lord Ian Mackenzie)

Das Werben des Lord MacKenzie

(OT: Lady Isabella's Scandalous Marriage)

Lord Camerons Versuchung

(OT: The Many Sins of Lord Cameron)

Der dunkle Herzog

(OT: The Duke's Perfect Wife)

Die Verführung des Elliot McBride

(OT: The Seduction of Elliot McBride)

Das Schönste Geschenk von Allen

(OT: A Mackenzie Family Christmas: The Perfect Gift)

The Untamed Mackenzie

Das verruchte Spiel des Daniel MacKenzie

(OT: The Wicked Deeds of Daniel Mackenzie)

Scandal and the Duchess

Rules for a Proper Governess

The Stolen Mackenzie Bride

Alec Mackenzie's Art of Seduction

The Devilish Lord Will

**Die Bücher der Captain-Lacey-Regency-Krimis von Ashley Gardner**

(pen name of Jennifer Ashley)

Mord am Hanover Square

Mord im Regiment

Das Geheimnis des Glashauses

Das Geheimnis der Sudbury School

Die Halsbandaffäre (Novella)

Der Gehstock des Gentlemans (Kurzgeschichten)

Blutiger Ball am Berkeley Square

Die verlorenen Töchter von Covent Garden

Tod in Norfolk

Verschwunden in der Drury Lane

Mord am Grosvenor Square

Die Themse-Morde

The Alexandria Affair

A Mystery at Carleton House

Murder in St. Giles

# DER GEFÄHRTE DER BÄRIN

ÜBERSETZT VON IVONNE BLANEY

## KAPITEL EINS

Eine Bärin brauchte ihren Schönheitsschlaf.

Nell unterdrückte ein Stöhnen, als ein rhythmisches Donnern sie aus einem Schlaf riss, wie sie ihn nur mitten im Winter erlebte. Es spielte keine Rolle, dass sie jetzt in einer Stadt in einer Wüste lebte statt in unberührten Wäldern – im Winter ließ ihre wilde Natur sie in tiefen, dunklen Schlaf sinken.

Der Rest ihrer Familie spielte an diesem Morgen allerdings nicht mit. Die Kopfschmerzen, die bereits in ihren Träumen eingesetzt hatten, drangen zu ihrem erwachenden Ich durch, und sie zwang sich, die Augen zu öffnen.

Wer verdammt noch mal hämmerte in ihrer Küche herum und dann auch noch ... *um fünf Uhr morgens?*

Nell ließ den Wecker mit einem Klappern fallen, schwang sich aus dem Bett, griff sich ihren pinkfarbenen Frottee-Morgenmantel und schob ihre Füße energisch in irgendeine Art von Schuhen. Was auch immer gerade auf dem Fußboden stand, denn sie konnte mit ihren verschlafenen Augen im Dunkeln nichts erkennen.

Wenn Shane oder Brody in ihrer Küche an ihren Motorradteilen arbeiteten oder irgend so ein Mist, würde sie ihren Jungen leider ein paar Kopfnüsse verpassen müssen. Es war Winter. Sie wussten genau, dass man Nell im Winter mitten in der Nacht in Ruhe ließ.

Sie stapfte energisch aus dem Schlafzimmer den kurzen Flur entlang und in die Küche.

Ein riesiger Shiftermann, den sie noch nie gesehen hatte, saß auf einer Trittleiter und griff nach oben, um ein Holzbrett an die Wand zu nageln. Der Hammer donnerte wieder und wieder, schien ihr direkt in den schmerzenden Schädel zu dringen.

Nells Küche war komplett zerlegt – die Küchenschränke waren abgebaut worden, die Gipskartonwand eingerissen, Drähte und Rohre ragten scheinbar sinnlos aus den Wänden heraus. In der Mitte des Ganzen war dieser Shifter – ein Bär –, den sie nicht kannte, und sein Hämmern hallte durch ihren bereits schmerzenden Kopf.

Für einen Moment hielt er dankenswerterweise inne und legte den Hammer auf den einen Küchenschrank, der noch intakt war. Ohne sie zu bemerken, griff er sich seine nächste Waffe, eine Schlagbohrmaschine, und schickte sich an, die unschuldige Wand zu attackieren.

Nell duckte sich zurück in den Flur zu ihrem Schlafzimmer, nahm still ihre Schlüssel, trat in den hinteren Korridor, der von der Küche zur Wäschekammer verlief, und sperrte den mit einem Hängeschloss gesicherten Besenschrank auf. Sie nahm die doppelläufige Flinte von ihrem Platz, lud sie und machte sich auf den Rückweg in die Küche.

Dort hatte der Shifter seine Schlagbohrmaschine eingeschaltet. Ihr Heulen schnitt Nell ins Gehirn. Er hörte sie nicht, bis sie die Flinte energisch schloss, auf ihn zielte und mit lauter Stimme sagte: „Du hast zehn Sekunden, um mir zu erklären, wer du bist und was zur Hölle du hier tust."

Die Bohrmaschine verstummte. Der Bärenshifter musterte sie, blinzelte einmal und legte das Werkzeug sorgfältig auf dem Küchenschrank ab. Dann lächelte er.

Es war ein strahlendes Lächeln, das sie fast blendete. Der Mann war groß, wie alle Bärenshifter, pure Muskeln unter einem T-Shirt, das seinen Oberkörper umspannte, und farbbekleckste Jeans. Seine Arme waren gewaltig, so wie die ihres Sohnes Shane, und mit drahtigem schwarzem Haar bedeckt. Das Halsband um seine Kehle, schwarz und silbern, blitzte im Licht der Neonröhre an der Decke.

Sein Haar, das er versucht hatte dadurch zu zähmen, dass er es kurz schnitt, war ein Wirrwarr aus schwarzen, braunen und hellbraunen Strähnen. Ein Grizzly.

Statt dunkle Augen zu haben, wie Nell und ihre Söhne, waren die Augen dieses Mannes leuchtend blau. Zusammen mit dem Lächeln ließ der Blick aus diesen blauen Augen Nells Herz lauter schlagen, was ihrem Kopfschmerz gar nicht gut bekam.

„Ich bin Cormac", erwiderte er. Seine Stimme war tief und dröhnend wie Donnergrollen, eines das weit genug weg war, um beruhigend zu sein, und wegen dessen man sich keine Sorgen machen musste. Das Geräusch erfüllte den Raum und wand sich um alles, was darin war. „Du musst Nell sein."

Nell griff die Flinte fester. „Das ist mein Haus. Wer sollte ich sonst sein?"

„Shane hat mir den Schlüssel gegeben und gemeint, ich solle loslegen." Er deutete mit einer Hand auf die leeren Wände, ließ den Blick dabei jedoch weiter auf Nell ruhen. „Er wollte dich überraschen."

„Ich bin überrascht. Du hast mir immer noch nicht verraten, wer du bist. Womit ich meine, wo kommst du her? Von welchem Clan? Was machst du in unserer Shiftertown? Woher kennt mein Junges dich, und warum kenne ich dich nicht? Ich bin der ranghöchste Bär in dieser Stadt, und ohne meine Zustimmung kommen keine neuen Bären her. Oder hat Shane sich nicht die Mühe gemacht, dir das zu erklären?"

Er wirkte unbesorgt. „Ich bin letzte Nacht angekommen. Ich stamme aus der Wisconsin-Shiftertown, siedele jedoch hierher um. Eric hat mich Shane vorgestellt. Shane wollte unbedingt die neue Küche einbauen und hatte mich gebeten, einfach schon mal anzufangen."

Es waren logische Antworten, ganz geradeheraus, und sie kamen von einem verdammt gut aussehenden Shifter, der nie sein Lächeln oder das Funkeln in seinen Augen verlor.

„*Eric* hat dich meinem Jungen vorgestellt? Ohne mir das zu erzählen?" Fragen tauchten in Nells Gehirn auf, das immer noch von Schlaf und Schmerz benebelt war. „Und was meinst damit, dass du hierher umsiedelst?"

„Das Gesuch ist bewilligt worden und die Papiere ausgestellt", antwortete Cormac. „Ich schätze, ich bin der neue Bär in der Stadt."

Wieder das wundervolle Donnern mit einer Spur Lachen. Nell wollte das Geräusch festhalten, es um sich wickeln, und genau deshalb griff sie das Gewehr noch etwas fester.

„Ach ja? *So lange* habe ich nicht geschlafen. Kein neuer Bär kommt hierher, ohne dass Eric, unser großartiger Shiftertownanführer, das zuerst mit mir bespricht."

Cormac langte auf den Küchenschrank und nahm einen Schraubenzieher zur Hand – zumindest war das ein geräuschloses Werkzeug. „Eric wollte dich nicht damit belästigen."

„Wollte er das nicht? Dieser eingebildete, nervtötende, kleine Felid …"

Nell sprach nicht weiter. Es war zu schmerzhaft, sich ein paar wirklich gute Namen für ihren direkten Nachbarn auszudenken. Er war eine Wildkatze und der Anführer der Süd-Nevada-Shiftertown. Felidshifter glaubten immer, sie seien schlauer als alle anderen, vermutlich weil diese verdammten Katzen nie schliefen.

Nell öffnete den Mund, um eine Reihe neuer Fragen auf Cormac abzufeuern, der nicht im leisesten davon beeindruckt schien, dass er in den Lauf eines geladenen Gewehrs blickte, aber da knallte die Hintertür auf, und ihre Söhne kamen herein.

Die Tür knallte wirklich – sie flog zurück gegen die

Wand, und das Glas in der oberen Hälfte schepperte besorgniserregend.

Shane hielt inne, als er Nell, Cormac auf dem Stuhl und die Flinte in Nells Hand entdeckte. Sein jüngerer Bruder Brody lief fast von hinten auf ihn auf.

„Mom", seufzte Shane in dem Tonfall, von dem Nell wusste, dass er *Ey, Brody, wir müssen unsere verrückte Mutter beruhigen* bedeutete. „Bitte, erschieß Cormac nicht. Er ist in Ordnung."

„Na schön. Dann erschieße ich stattdessen dich." Nell bewegte das Gewehr jedoch nicht, weil sie niemals etwas tun würde, das ihre Jungen verletzte, selbst wenn ihre Jungen ausgewachsene, über zwei Meter große Nervsäcke waren, die sich in mächtige Grizzlybären verwandeln konnten.

„Du dürftest dieses Gewehr nicht einmal haben", warf Brody von seinem Platz hinter Shane ein. Er war klugerweise nicht ganz hereingekommen. „Eric hat dir gesagt, du sollst es zurückgeben. Erinnerst du dich?"

Ja, doch was Eric nicht wusste, machte ihn auch nicht heiß. „Offensichtlich brauche ich es zur Selbstverteidigung, da ihr beide darauf besteht, die Schlüssel zur Hintertür herauszugeben."

„Ich hab sie gar nicht gebraucht", meinte Cormac. „Die Tür war nicht verschlossen."

„Darum geht es hier nicht!", brüllte Nell. Die meisten Shifter ließen ihre Türen unverschlossen. „Der Punkt ist, dass ihr alle ignoriert, dass es einen neuen Bären in der Stadt gibt und niemand mich vorher gefragt hat. Das darf nicht passieren. Warum bist du neu hier? Hat die andere Shiftertown dich rausgeschmissen? Warum wolltest du hierherkommen?

Erzähl mir deine Geschichte, Mann mit der Bohrmaschine."

Cormac setzte sich gemütlich auf die Trittleiter und legte die Arme auf seine Oberschenkel, den Schraubenzieher entspannt in einer Hand. Er sah aus wie die Sorte Mann, die es sich überall bequem machen konnte, auf einer Trittleiter, auf einem Liegestuhl im Garten, auf einem Felsen am Rand der Wälder, während er die Schönheit eines endlosen Sees betrachtete.

„Ich habe die Umsiedelung beantragt", erklärte er. „Ich suche etwas. Ich bin in der Austin-Shiftertown gewesen, weil ich dort Clanangehörige habe. Der Anführer hat Eric von mir erzählt, und Eric hat mir versichert, ich könnte mein Glück hier draußen versuchen."

„Du suchst etwas?", fragte Nell und kniff misstrauisch die Augen zusammen. „Und warum konntest du nicht in die Austin-Shiftertown ziehen? Was ist an der von Nevada so besonders?"

Brody lachte. Vielleicht war er doch nicht so schlau. „Oh, du wirst es lieben."

Cormac sah Nell in die Augen. So etwas sollte er nicht tun, denn sie war dominant. Dieser Schlaumeierbär erwiderte ihren Blick jedoch ungerührt und weigerte sich, ihm auszuweichen.

„Ich suche eine Gefährtin", sagte er. „Die Wisconsin-Shiftertown hatte keine Weibchen ohne Gefährten, die nicht mit mir verwandt waren, und die einzigen Bärenfrauen im zeugungsfähigen Alter in Austin gehören meinem Clan an." Cormac spreizte die Hände. Er hielt noch immer den Schraubenzieher, sein Shirt bewegte sich mit seinen Muskeln. „Also bin ich hier und setze meine Suche fort."

Nell senkte das Gewehr und klappte es auf. Sie war noch immer sauer. Aber sie würde nicht auf Cormac schießen. Es wäre viel befriedigender, ihm mit Zähnen und Klauen zu zeigen, wer hier der oberste Bär war, wenn die Zeit gekommen war.

„Ich weiß nicht, warum Eric gemeint hat, du sollst hierher kommen", erklärte sie. „Es gibt keine Bärenweibchen ohne Gefährten in dieser Shiftertown."

Cormac sah sie einfach nur an, und sein Sonnenscheinlächeln wurde noch breiter. Brody lachte wiehernd aus der relativen Sicherheit hinter Shanes Rücken, und Shanes Gesicht war krampfhaft beherrscht.

„Nein?" Cormacs Frage war sanft.

„Nein", wiederholte Nell fest. „Bis auf ..." Ihr Herz fiel ihr bis hinunter in die Schuhe, die sie angezogen hatte – Kampfstiefel erkannte sie nun. Ihre Kopfschmerzen flammten mit neuer Macht auf.

„Bis auf mich", schloss sie.

CORMAC BEHIELT SEINE BEQUEME HALTUNG AUF DER Trittleiter bei, damit er nicht hinabsprang, Shane und Brody umarmte, sich dann Nell schnappte, sie sich über die Schulter warf und mit ihr nach nebenan lief, um zu verlangen, dass Eric sofort die Sonnen-und-Mond-Zeremonie abhielt. Die Dämmerung war fast da, der Mond war bestimmt noch am Himmel, und die Sonne würde bald aufgehen.

Er hatte sie gefunden. Endlich, nach so langer Zeit.

Selbst mit dem Gewehr in der Hand war Nell perfekt. Ihr Haar, vom Schlaf zerzaust, war schwarz mit hellem Braun gesträhnt und ohne die geringste Spur Grau darin. Alle Bärenfrauen waren groß, und Nell mit ihren über ein Meter achtzig war da keine Ausnahme. Sie hatte schöne Kurven, die zu ihrer Größe passten. Nichts hatte in Cormacs Erinnerung je so sexy ausgesehen wie der Bademantel, der mit dunkelrosa Rosen bestickt war, und hastig über diesen Kurven zusammengeschnürt war.

Noch sexyer waren die Kampfstiefel, die bis zur Hälfte ihrer hübschen Waden hochreichten. Sie hatte sie falsch herum angezogen. Sie war anbetungswürdig.

Er hatte den Brief etwa hundert Jahre zu spät erhalten. Wenn Cormac vor all diesen Jahren von seinem Clanangehörigen, der den Clan verlassen hatte, von ihr gehört hätte, dann wäre er zu ihr gekommen, hätte ihr geholfen und hätte ihr Leben – und sein eigenes – erträglicher gemacht.

Egal. Jetzt hatte er sie gefunden. Er würde die verlorene Zeit wiedergutmachen – für Magnus, für Nell und für sich selbst.

„Ich gebe dir noch zehn Sekunden", drohte die sirenenhafte Schönheit, „und dann bist du aus meiner Küche verschwunden."

Die Augen unter Nells zusammengezogenen Brauen waren samtbraun, das Funkeln darin, hinter all ihrer Wut, das einer verzweifelt einsamen Frau. Nell hatte ihre Jungen, und sie hatte ihre Stellung als Alphabärin in dieser Shiftertown, aber Cormac kannte und verstand hoffnungslose Einsamkeit, und das war es, was Nell besaß.

„Mom, wenn er geht, kann er nicht helfen, die neuen Schränke einzubauen", warf Brody ein. „Zwing nicht Shane und mich, das ganz alleine zu machen."

Nell richtete ihren Blick verärgert auf ihren Jüngsten. „Ihr beide seid bestens in der Lage ... Moment mal, welche neuen Hängeschränke? Wann habe ich Zeit gehabt, eine neue Küche zu kaufen?"

„Hast du nicht", antwortete Cormac. „Sie ist ein Geschenk von Eric."

Neue Wut loderte in ihren Augen auf. „Schon wieder Eric? Was zur Hölle hat er vor? Brody, lauf nach nebenan und sag Eric, er soll herkommen. Ich will mit ihm reden. Sofort."

„Machst du Witze?" Brodys braune Augen weiteten sich erschrocken. „Du möchtest, dass *ich* Eric vorschreibe, was er tun und lassen soll? Ich möchte meinen Kopf gerne behalten, danke schön."

Nell knurrte, ein plötzliches Aufblitzen ihres Shiftertiers bog ihre Finger zu Klauen. Cormac beobachtete, wie sie gegen das Aufflackern ihrer Alphainstinkte ankämpfte, konnte erkennen, wie sie sich selbst zuredete, dass ihr Junges recht hatte. Shifter gingen nicht zu einem Dominanten und erteilten ihm Befehle oder verlangten auch nur etwas im Namen eines anderen dominanten Shifters.

„Na schön", gab Nell nach, und ihre Stimme klang durch ihren Bären kehlig. „Ich werde es ihm selbst sagen."

Sie schob Shane das Gewehr hin, stapfte an Brody vorbei, der hastig aus dem Weg trat, und durch die

Küchentür hinaus in den dunklen Morgen. Die Verandalichter schienen auf ihr Haar, das sich in einer plötzlich aufkommenden Januarböe bewegte, und auf die rosa Stickerei auf ihrem Bademantel.

„Wie weit wird sie kommen, bis sie bemerkt, was sie anhat?", fragte Brody an Shane gerichtet.

„Bis ganz rüber in Erics Haus", vermutete Shane.

„Nein", widersprach Brody. „Bis zum Fuß von Erics Veranda." Sie schüttelten sich darauf die Hand und sahen zu. „Ha, Pech gehabt, Shane. Ich gewinne."

Nell erschien erneut im Licht ihrer eigenen Veranda, doch Cormacs Shifteraugen hatten ihm erlaubt, sie den gesamten Weg zu Erics Veranda und zurück zu beobachten. Nell schob sich an ihren Söhnen vorbei, fauchte tief in der Kehle und machte sich auf den Weg in ihr Schlafzimmer. Sie knallte die Tür so fest zu, dass Klümpchen lockeren Putzes auf den Küchenboden rieselten.

Eric löste das Problem, wer ihn holen würde, indem er eine Minute später selbst herüberkam.

Cormac kannte Eric noch nicht lange genug, um den Mann vollständig einzuschätzen. Bisher war er beeindruckt von dem, was er gesehen hatte. Eric war ein Felid, dessen Familie nach Schneeleoparden kam. Leoparden waren nicht die größten Wildkatzen, aber sie waren schnell und intelligent, was sie zu gefährlichen Kämpfern machte. Cormac hatte in den Kampfclubs der Shifter bereits gegen Leoparden gekämpft, und obwohl er ein Vielfaches ihrer Größe besaß, hatten sie ihm den Sieg nie leicht gemacht.

Eric kam ohne Eile über den Hof auf Nells Haus zu. Er hatte die Hände in den Taschen seiner Lederjacke und sah auf den Boden, als ob er sich nicht darum sorgte, wie schnell er irgendwo hinkam. Er blickte auf, als er auf die hintere Veranda sprang und hielt direkt vor der offenen Hintertür an, ohne hereinzukommen, solange er keine Einladung dazu erhalten hatte.

„Und, wie läuft's?", erkundigte er sich.

Er richtete die Frage an sie alle, doch Cormac wusste, dass Eric ihn ansprach. Seine jadegrünen Augen verrieten keine Herausforderung – tatsächlich war seine Haltung sogar so entspannt, dass jeder Mensch ihn vielleicht trotz seiner Größe und seiner offensichtlichen körperlichen Stärke als harmlos abgetan hätte.

Das täuschte. Cormac war älter als Eric, wenn auch nur ein wenig, und konnte erkennen, dass Eric diese entspannte Haltung sorgfältig einstudiert hatte, um eine rasiermesserscharfe Aufmerksamkeit zu verbergen. Als Anführer der Shiftertown musste Eric das Vertrauen unterschiedlichster Spezies gewinnen, und er konnte dies nicht mit Gewalt tun. Er war dominant, aber wenn ein Bär wie Shane es wirklich auf ihn abgesehen hätte, dann wäre es für Eric kein Leichtes, zu überleben. Im Ring zu kämpfen, war eine Sache – die Kampfclubs hatten Regeln –, Kämpfe im wirklichen Leben waren eine ganz andere Geschichte.

Die Tür weiter unten im Flur flog wieder geräuschvoll auf, und Nell kam heraus. Dieses Mal trug sie ein Sweatshirt und Jeans. Sie hatte noch immer die Kampfstiefel an, nun jedoch an den richtigen Füßen.

Sie schob sich ihr dunkles Haar aus den Augen und

richtete ihren erbosten Blick auf Eric. „Ich hoffe, du hast eine verdammt gute Erklärung hierfür."

„Die habe ich", erwiderte Eric mit sanfter Stimme. Er blieb trotz des kalten Winds auf der Veranda, sorgfältig außerhalb von Nells Territorium. „Ich brauche Cormac hier, und ich brauche deine Kooperation. Wenn ihr zwei einen Gefährtenbund eingeht, wird das mir helfen, euch helfen, und allen anderen auch."

Er entspannte sich genug, um zu lächeln, doch seine grünen Augen blieben wachsam. „Tatsächlich Nell, würdest du es zum Wohl der ganzen Shiftertown tun."

## KAPITEL ZWEI

In einer schmalen Straße, die vom Charleston Boulevard abbog, in einem Club, der rund um die Uhr geöffnet hatte und eher an das alte, versumpfte Las Vegas erinnerte als an das neue, musterte ein Mann vier Schnappschüsse, die er auf einem leicht feuchten Tisch ausgebreitet hatte. Seine Bierflasche stand auf dem Tisch, neben einer weiteren leeren. Auf der anderen Seite des Raums wand sich eine Stripperin – eine große, gut gebaute Shifterfrau, komplett mit Halsband – durch ihren provozierenden Tanz.

Shifterstripperinnen waren beliebt, weil Shifterfrauen sich anscheinend nicht daran störten, sich bis zur legalen Grenze auszuziehen. Außerdem waren sie groß und kurvig, mit vollen Brüsten, die ganz natürlich waren, und genauso tollen Hintern.

Josiah Doyle – von seinen Freunden Joe genannt – betrachtete die Stripperin gelegentlich. Aber vor allem prägte er sich die Fotos ein, die er heute Nacht verbrennen würde.

Das erste zeigte einen Mann, hispanisch oder Latino, mit schwarzem Haar und braunen Augen. Joes Notizen auf der Rückseite des Bildes verrieten, dass er ein ehemaliger Polizist war, der nun eine Sicherheitsfirma leitete. Vermutlich war es gefährlich, sich mit ihm anzulegen. Joe war selbst ziemlich gefährlich, allerdings auch nicht komplett dumm.

Er trank einen Schluck von seinem Bier und stellte die noch immer kalte Flasche wieder ab. Das nächste Foto zeigte ein großartiges Schätzchen von einer Shifterfrau, blond, mit grünen Augen, groß und süß wie die Stripperin. Sie war die Ehefrau – oder *Gefährtin*, wie sie das nannten – des Latinos. Sie war ein weiteres, möglicherweise riskantes Zielobjekt, weil der Latino-Ex-Bulle seine Frau beschützen würde.

Das dritte Foto zeigte einen weiteren Menschen, dieser größer und schlanker als der erste Mann, mit blasser Haut, schwarzem Haar und Augen so dunkel, dass sie fast schwarz sein könnten. Joe drehte das Foto um und las erneut, was er geschrieben hatte: Stuart Reid, ein weiterer ehemaliger Polizist, jetzt angestellt bei DX Security, der Firma des ehemaligen Bullen, und ebenfalls wohnhaft in der Shiftertown.

Joe atmete langsam seufzend aus. Dieser Shifterbär aus Mexiko, der Joe kontaktiert hatte, musste verrückt sein, wenn er es auf diese Leute abgesehen hatte. Aber ein Job war ein Job, Geld war Geld, und Joe hatte sich selbst versprochen, er würde den Fall prüfen.

Die ersten Drei waren allerdings unmöglich. Joe tötete keine Menschen, ganz gleich wie hoch der Preis war. Menschen zu töten war Mord, und Mord brachte eine lange Gefängnisstrafe mit sich. Joe war noch nie im Leben im Gefängnis gewesen, und er hatte auch nicht die Absicht, dort zu landen. Er hatte nie auch nur einen Strafzettel wegen einer Geschwindigkeitsüberschreitung erhalten, und alle seine Waffen waren lizenziert und legal.

Außerdem, wenn er so tief sank, dass er Menschen umbrachte, würde seine Mutter ausflippen. Jeder Verstoß gegen die Zehn Gebote bedeutete eine lange Predigt während des Thanksgiving-Dinners, Weihnachtsessens oder Osteressens, je nachdem, welcher Feiertag dem Verstoß am nächsten lag. Für Joe war der Verstoß üblicherweise, den Namen des Herrn missbraucht zu haben oder dass er etwas begehrte. Joe hatte gelernt, seine Mutter glücklich zu machen, damit er sein Geflügel oder seine Füllung oder seinen Schinken und Gemüse in Frieden essen konnte.

Die Stripperin oben auf der Bühne entblößte glücklich, was sie hatte, und Shifterfrauen waren wirklich biegsam. Seine Mutter musste sich keine Sorgen machen, dass Joe mit ihr Unzucht begehen würde oder sie auch nur begehrte. Sie war eine Shifterin, um Himmels willen. Er könnte Flöhe oder etwas Ähnliches bekommen.

Er beugte sich erneut über die Fotos. Die Shifterin auf dem Foto war ein besseres Ziel. Wenn der Latinotyp oder sogar Reid, der mit ihrem Ehemann zusammenarbeitete, sie beschützte, dann war es zu riskant, sie zu jagen. Joe könnte gezwungen sein, die beiden Menschen zu töten, um an sie heranzukommen, oder sie zu töten, um sich zu verteidigen, falls es dazu kam. Nein. Das ließ er besser.

Joe schob ihre Fotos weg und zog das vierte zu sich. Nun dies hier ... das hatte Potenzial.

Das Foto zeigte einen großen Mann, Muskeln über Muskeln und dunkles Haar gesträhnt mit Braun. Das Halsband um seinen Hals machte deutlich, dass er ein Shifter war, genau wie der Blick aus seinen braunen Augen. Shifter hatten immer einen bestimmten Ausdruck, als wollten sie einen umhauen und töten, sobald sie die Gelegenheit bekamen, ohne sich darum zu kümmern, dass das Halsband dazu programmiert war, ihnen Elektroschocks zu verpassen, wenn sie gewalttätig wurden.

Dieser Shifter war mit keinem Menschen verheiratet, und er war nie ein Bulle gewesen – Wandlern war es nicht erlaubt, bei der Polizei zu arbeiten. Er war auch nicht mit der Shifterfrau verwandt. Sie war eine Wildkatze, und er war ein Bär, und soweit Joe gehört hatte, kamen unterschiedliche Spezies nicht gut miteinander aus.

Wandler konnte man töten, ohne in Gottes Augen einen Makel davonzutragen, nicht einmal in den Augen von Joes Mutter. Sie waren Tiere. Sicher, sie liefen als Menschen getarnt umher, doch wo war der Unterschied zu einem Zirkustier in Verkleidung, das man vor Kindern Kunststückchen machen ließ?

Das Kopfgeld für den Shiftermann war auf Zwanzigtausend festgesetzt. Einhunderttausend für alle vier, oder zwanzigtausend für einen Einzelnen. Der Shifter, der das Geld bereitstellte, wollte Joe offensichtlich dazu ermutigen, die ganze Sammlung zu übernehmen.

Joe war noch nie gierig gewesen. Ein ehrlich erworbenes Einkommen war besser als eine sechsstellige Summe, die man sich mit Taten jenseits des Gesetzes verdiente. Wenn er seine Rechnungen bezahlen, seiner Mutter weiter finanziell unter die Arme greifen und sein Leben genießen konnte, dann war er zufrieden.

Zwanzigtausend waren ein netter Batzen. Das Zielobjekt sah schwierig aus, und Joe mochte die Herausforderung.

Er drehte das Foto um und musterte die Infos auf der Rückseite. Der Bär schien nur einen Namen zu haben, doch Joe hatte schon gehört, dass Bärenshifter keine Nachnamen annahmen. Komisch, aber was sollte es?

Dieser Bär lebte mit seiner Mutter und seinem jüngeren Bruder im Herzen der Shiftertown. Und sein Name war Shane.

„Siehst du, Mom?", sagte Shane. „Du wirst uns allen einen Gefallen tun."

Cormac beobachtete das Blickduell zwischen Nell und Eric. Nell hätte Eric jederzeit hereinbitten können, stattdessen stand sie mit verschränkten Armen da und ließ ihn vor der Tür warten. Cormac mochte das, weil er so zwischen den beiden blieb, und das war für ihn eine gute Position, um sie zu beschützen.

„Zum Wohle der Shiftertown", wiederholte Nell und ignorierte Shane. „Na los, Eric. Erklär mir das."

„Ich habe zusätzliche Förderung beantragt", erklärte Eric ruhig. „Wie du weißt, ist unser Wohnraum immer noch knapp. Wir haben all diese neuen

Lupide und die Extras, von denen wir den Menschen nichts erzählen können."

Cormac wusste nicht, wer diese Extras waren, die anderen schienen allerdings Bescheid zu wissen, daher blieb er still.

Eric fuhr fort: „Wir brauchen mehr Platz schon allein für die Lupide, aber die Menschen werden nicht so viel für die Unterkünfte zahlen. Selbst wenn Iona – das ist meine Gefährtin, Cormac – uns bei der Baufirma ihrer Mutter Rabatt aushandelt. Es ist schwierig, mehr Gelder bewilligt zu bekommen. Bären sind die Shifter, die am schwierigsten unterzubringen sind. Wenn ich zeige, dass ich willens bin, hier mehr Bären wohnen zu lassen, kann ich mich für Fördergelder für weiteren Wohnraum qualifizieren. Als ich also gehört habe, dass Cormac herkommen möchte, habe ich mir gedacht, das ist ein guter Anfang. Er kann mir helfen, mehr Bären von seinem Clan hierher umzusiedeln, ich kann meine Gelder bewilligt bekommen, und wir lösen das Raumproblem."

Offiziell, meinte er. Inoffiziell hatten die Shifter mehr Platz, als sie angaben. Aber Erics Shiftertown hatte vor kurzer Zeit eine gesamte andere Shiftertown voller Lupide aufgenommen – die Menschen hatten die Shiftertown im nördlichen Nevada geschlossen, um Kosten zu sparen. Selbst mit den zusätzlichen, unterirdischen Räumen, von denen die Menschen nichts wussten, war es mit zehn Shiftern in einem kleinen Haus eng.

„Da wir schon von Unterbringung sprechen", fiel Nell ein, „sag mir bitte, dass er bei dir unterkommt." Sie deutete mit ihrem Kinn auf Cormac.

Eric schenkte ihr ein Lächeln. „Nein."

Nells braune Augen weiteten sich vor Wut. „O nein, das wirst du nicht tun, Eric. Ich habe jetzt schon kaum Platz. Shane und Brody sind nicht gerade klein, und Reid wohnt auch noch hier."

„Ja, Mom, aber du bemerkst vielleicht, dass Reid nicht hier ist", beruhigte Shane sie. „Er verbringt die Nächte bei seiner Freundin, und das weißt du auch. Wir können Cormac Reids Zimmer geben – das ist ein guter Ansporn für Reid, endgültig zu seiner Süßen zu ziehen. Die ein Bär ist", fügte Shane an Cormac gerichtet hinzu. „Sie wohnt mit den Shifterfrauen zusammen, die wir vor einem verrückten Shifter unten in Mexiko gerettet haben. Peigi ist die einzige Bärin, doch ich weiß, die anderen müssen bereit sein, neue Gefährten zu finden – Gefährten, die geistig gesund sind jedenfalls. Daher, wenn das mit meiner Mom nichts wird ..."

„Shane", fauchte Nell. „Halt die Klappe."

„Ich erkläre dem armen Kerl nur die Möglichkeiten", argumentierte Shane unbeirrt. „Da du ihn nicht gerade mit offenen Armen willkommen heißt."

„Cormac wohnt bei dir, Nell", entschied Eric. „Das ist ein guter Plan. Reid kann zu Peigi und ihren Mitbewohnerinnen ziehen – er kann helfen, sie vor unerwünschten Aufmerksamkeiten zu schützen, und ich schätze, ich werde bald für ihn und Peigi eine Gefährtenbundzeremonie abhalten." Er deutete auf die zerlegte Küche. „Übrigens scheint Cormac das handwerkliche Know-how zu besitzen, die neuen Küchenschränke aufzuhängen."

„Warum habe ich überhaupt neue Küchenschränke?", fragte Nell. „Versuchst du, mich mit einer spontanen Küchenrenovierung zu bestechen?"

„Das ist Ionas Baufirma zu verdanken", erklärte Eric. „Deine alte Küche fiel schon auseinander. Iona hat die neuen Schränke und Arbeitsflächen zum Selbstkostenpreis bekommen. Du kannst ihr später danken."

„Ich glaube, deine Gefährtin und ich, wir müssen uns mal gründlich unterhalten", sagte Nell.

„Wenn du meinst, aber sprich erst mit Cormac." Eric steckte seine Hände zurück in die Taschen. „Danach kannst du rüberkommen."

Eric drehte sich um, das Signal eines Alphas, dass das Gespräch beendet war. Er ging weg, zurück in das heraufdämmernde Morgengrauen, und niemand hielt ihn auch nur mit einem Wort auf.

Die anderen beobachteten Eric, doch Cormacs Blick ruhte auf Nell. Hinter der Wut in ihren Augen las er Verwirrung und sogar Schrecken. Er würde langsam bei ihr vorgehen müssen, ihr die anderen Gründe, warum er sie gesucht hatte, erst enthüllen, wenn die Zeit dafür reif war. Der Brief brannte ihm ein Loch in die Tasche, aber er durfte Nell nicht zu viel zumuten. Der Brief war so lange versteckt gewesen. Was bedeuteten schon ein paar weitere Stunden?

Nell hatte sich hinter einer harten Schale zurückgezogen, und Cormac würde sie vorsichtig knacken müssen, nach und nach, um ihr zu zeigen, wie warm es draußen sein konnte. Er konnte geduldig sein. Er hatte das schon früh gelernt, denn Geduld bedeutete Überleben.

Nell sah ihn nicht an. „Schließ die Tür, Brody", sagte sie. „Es ist kalt."

Sie drehte sich auf dem Absatz um und ging zurück in ihr Zimmer, wobei sie erneut die Tür zuknallte.

Nell würde Eric die Haut abziehen und anschließend Cormac. Vielleicht sogar ihren Söhnen, diesen grinsenden Idioten.

Das Hämmern und Bohren in der Küche hatte wieder angefangen, Shanes und Brodys Stimmen erklangen zusätzlich zu Cormacs. Seit wann waren ihre beiden Landplagen so sehr darauf aus, dass ihre Mutter wieder einen Gefährten fand? Seit sie hierhergezogen waren, hatten sie so ziemlich jeden Mann verjagt, auf den Nell ein Auge geworfen hatte.

Nein, ehrlich gesagt hatte Nell sie vertrieben. Aber sie hatte jedes Mal die Zustimmung ihrer Söhne gehabt.

Natürlich waren alle Männer, mit denen sie versucht hatte, auszugehen, Felide, Lupide oder sogar Menschen gewesen, wenn sie denn einen Menschen traf, der groß genug war. Keine Bären, denn gefährtenlose Bären waren in dieser Shiftertown Mangelware, da hatte Eric recht.

*Zusätzliche Förderung, meine Fresse.* Eric machte, was er wollte, und wartete nicht darauf, dass Menschen ihm das Geld dafür gaben.

Nell blickte in den Spiegel, während sie ihr ungebärdiges Haar ausbürstete. Zumindest hatte sie nicht viele Falten im Gesicht, obwohl sie ihre Söhne alleine aufgezogen hatte, die meiste Zeit ohne Partner. Sie wirkte kaum älter als hundert.

Shiftern sah man erst zum Lebensende ihr Alter an, und wenige überlebten so lange – zumindest hatten sie das nicht in der Wildnis. Jäger, Hunger und Tod im Kindbett, hatten die meisten Shifter dahingerafft, bevor sie ihr drittes Jahrhundert erreichten.

Nell näherte sich hundertfünfzig, ihre Söhne waren beide erst um die hundert. Cormac war jünger als sie. Auch wenn die Körper der Shifter keine Altersanzeichen zeigten, gab es andere Möglichkeiten, das zu erkennen. Geruch, Körpersprache und die Augen.

Cormacs Augen sagten, er war älter als Shane, jedoch nicht so alt wie Nell. Etwas dazwischen – vielleicht hundertdreißig. Und er hatte keine Gefährtin. Sie fragte sich, ob er eine gehabt und verloren hatte, aber sie hatte nicht die Zeit gehabt, ihn lange genug zu betrachten, um nach den Spuren eines zerbrochenen Gefährtenbunds zu suchen.

Ein weiterer Grund, weshalb Shifter in der Wildnis starben, war, weil sie aufgaben. Der Kampf ums Überleben wurde ihnen zu viel, besonders für einen Mann, der seinen Clan verlassen hatte. Die junge Nell hatte das zuerst romantisch gefunden – sie und Magnus versteckten sich vor den Menschen, kämpften darum, am Leben zu bleiben, verließen sich als Gefährten aufeinander.

Bären waren ohnehin ziemliche Einzelgänger. Magnus hatte sich zudem mit seinem Clan überworfen und war deshalb völlig isoliert gewesen. Nell war zu weit von ihren eigenen Clanmitgliedern entfernt gewesen, um auf sie zurückgreifen zu können. Es hatte damals noch keine guten Straßen gegeben oder Flugzeuge, und die Züge fuhren nicht dahin, wo Nell und Magnus sich versteckt hatten, daher hatten sie sich bemüht, es auf sich gestellt zu schaffen.

Es war gut gewesen, bis der Stress und die Angst Magnus erschöpft hatten. Daher hatte er einen Weg gefunden, seinem inneren Schmerz ein Ende zu setzen. Er hatte ein verängstigtes Grizzlybärweibchen zurückgelassen, das den Übergang zur erwachsenen Shifterin erst zehn Jahre hinter sich hatte und zwei kleine Jungen nun ganz allein und Hunderte von Kilometern von allem entfernt aufziehen musste.

Nell fühlte die Wut und Trauer über Magnus' Verrat heute noch so scharf wie vor hundertdreizehn Jahren. Sie erinnerte sich an ihre Verzweiflungsschreie, als sie über seine Leiche gestolpert war, wie der Bär in ihr hervorgekommen war, ohne dass sie auch nur gemerkt hatte, dass sie sich wandelte. Sie hatte lange in die Nacht geheult, ihren toten Gefährten gehalten und gedacht, nichts würde je den Schmerz lindern, der sie durchströmte.

Jedenfalls bis sie die verängstigten Schreie ihrer Jungen gehört hatte, die sie suchten und nach ihr riefen. Brody und Shane hatten Nell einen Grund zum Leben gegeben, einen Grund, ihre Trauer zu begraben und weiterzumachen.

Nell legte die Haarbürste entschlossen zur Seite und schnitt sich selbst eine Grimasse. Sie wurde rührselig, und sie hatte nicht die Zeit, sich im Schmerz der Vergangenheit zu vergraben.

Sie verließ das Zimmer, ging den Flur entlang und ignorierte die Männer in der Küche, selbst als alle drei innehielten und ihr still zusahen, wie sie an ihnen vorbeilief. Sie trat aus der Hintertür in den Wintersonnenschein und die kalte, aber nicht eisige Luft und lenkte ihre Schritte über die Gemeinschaftsfläche, die hinter den Häusern verlief – auf den Weg zu Peigi.

Sie fühlte und hörte, dass Cormac hinter ihr aus der Tür trat und ihr folgte. Er machte sich nicht die Mühe, das zu verheimlichen. Cormacs gleichmäßiger Schritt sagte ihr, dass er ihr folgte, weil er das wollte, und dass es ihm egal war, ob sie es wusste oder nicht.

„Ich dachte, du willst unbedingt meine Küche renovieren", sagte sie, als er sie eingeholt hatte.

„Es ist noch genug Zeit, das heute zu schaffen, wenn deine Söhne helfen. Ich wollte mehr von der Shiftertown sehen."

„Warum? Hier ist es nicht viel anders als in anderen Shiftertowns."

„O doch", widersprach Cormac. „Die in Austin ist voller Bungalows, die etwa hundert Jahre alt sind. In Wisconsin liegt die Shiftertown zur Hälfte in dichtem Wald. Es gibt mehr Bären und Wölfe dort als Felide. Diese ganze offene Wüste hier macht mich wahnsinnig."

„Du wirst dich daran gewöhnen." Nell sah ihn missmutig an. „Warum bist du wirklich hierhergekommen?"

„Wie gesagt. Ich suche eine Gefährtin."

„Die Menschen mögen es nicht, wenn Shifter aus einer Laune heraus von Staat zu Staat ziehen. Bist du aus deiner Shiftertown hinausgeworfen worden?"

Cormac antwortete nicht. Nell blickte ihn erneut an und bemerkte, dass er die Häuser um sie herum musterte, kleine rechteckige Gebäude, die in den Siebzigern errichtet worden waren, so wie man sie häufig in den Städten des Westens fand. Cormacs Gesicht war ausdruckslos, aber in seinen Augen lag etwas, das ihr nicht behagte.

„Kennt Eric den wirklichen Grund?", fragte Nell ihn. „Oder nur das, was du ihm gesagt hast?"

Cormacs Blick zuckte für einen Moment zu ihr. „Weißt du, Jeans sehen sexy an dir aus."

Nell versteckte ihr Schnauben nicht. „Sagst du das zu allen Bärinnen, denen du an die Wäsche willst?"

„Nein." Cormac zeigte einen neutralen Gesichtsausdruck, geradezu unschuldig. Er musste eine lange Zeit für diesen Blick geübt haben. „Wie nennt man diese Hosen, die Frauen tragen, die, die nur bis übers Knie gehen?"

„Caprihosen."

„Caprihosen. Ich wette, in denen siehst du auch sexy aus."

„Es ist zu kalt für Caprihosen, es ist Januar."

„Verglichen mit Wisconsin ist das ein lauer Sommertag."

„Nun, nicht für mich. Ich habe die kalten Winter vor zwanzig Jahren hinter mir gelassen, als ich hierher transportiert und in die Shiftertown gesteckt wurde."

„Eric hat erzählt, du bist aus Kanada gekommen. Den Rockies."

„Eric redet zu verdammt viel."

„Nur weil ich ihn gefragt habe", sagte Cormac. „Ich möchte alles über dich wissen."

Nell drehte sich zu ihm um, und sie hielten beide an. Die graue Dämmerung färbte sich pink, und die

Unterseiten der paar hohen Wolken waren in ein leuchtendes Fuchsia getaucht. „Ich bin nicht auf der Suche nach einem Gefährten", erklärte Nell mit kalter Stimme. „Es tut mir leid, dass du einsam bist, und es tut mir leid, dass du diesen ganzen Weg hergekommen bist, aber ich habe das alles hinter mir. Ich habe meine Jungs, ich kümmere mich um die anderen Bären hier, und ich brauche keine Veränderung."

„Brauchst du nicht oder willst du nicht?"

Nell seufzte genervt. „Göttin, deshalb gehe ich nicht mehr mit Bären aus. Ihr denkt immer, ihr seid so groß und stark, daher erwartet ihr, dass alle das tun, was ihr sagt. Ich habe Neuigkeiten für dich, Grizzly." Sie tippte ihm gegen die Brust. „Ich bin selbst ziemlich stark. Ziemlich stark auch ohne dich. Ohne irgendjemanden."

Cormac sah hinab auf die temperamentvolle Frau, die ihm in die Brust piekste. Sie glaubte wirklich an das, was sie sagte.

Eric hatte es ihm erzählt. *Nell ist allein, seit sie hergekommen ist, und erfindet Ausflüchte, warum sie sich nicht binden will.* Sie war mit ein paar anderen Shiftern und ein paar Menschen ausgegangen, es war jedoch nichts daraus geworden, ganz gleich wie viel Hoffnung die Männer sich gemacht hatten.

Cormac hatte das Land nach Nell und ihren Jungen abgesucht, und er würde sich jetzt, da er sie gefunden hatte, nicht aufhalten lassen. Er hatte eine Mission zu erfüllen, eine die schon zu lange unvollendet war.

„Ich kann erkennen, dass du selbst eine große und starke Frau bist", meinte Cormac. „Wohin bist du eigentlich unterwegs? Oder läufst du einfach nur so eingeschnappt durch die Gegend?"

Das Feuer in ihren Augen hätte ein Gebäude niederbrennen können. „Ich mache meine Arbeit. Ich sehe nach den Weibchen und Jungen, die wir gerettet haben, um sicherzustellen, dass es ihnen gut geht. Sie haben eine schwere Zeit hinter sich."

„Shane hat etwas darüber gesagt, dass sie von einem Shifter in Mexiko kommen?"

„Ja. Ein ungezähmter Shifter hat diese Frauen zu seinen Gefährtinnen gemacht und sie im Keller einer verlassenen Fabrik eingeschlossen. Er hat versucht, seine eigene, kleine Shiftertown aufzubauen. Erics Schwester Cassidy und ihr Gefährte Diego, Diegos Bruder sowie Reid und Shane haben sie gerettet. Die armen Jungen, die der Shifter mit den Frauen gezeugt hat, hatten noch nie das Tageslicht gesehen, bevor sie hergebracht wurden. Sie sind noch immer traumatisiert." Die Falten um ihre Augen entspannten sich. „Aber es geht ihnen zunehmend besser."

„Deinetwegen."

„Meinetwegen, und wegen Cassidy und Iona und anderen, die helfen. Ich bin keine gute Fee. Wie gesagt, ich mache nur meine Arbeit."

„Sicher tust du das." Cormac grinste sie an.

Nell ließ das Knurren einer verärgerten Bärin hören, drehte ihm den Rücken zu und lief weiter.

Cormac folgte ihr und lachte in sich hinein. Nell war kratzbürstig, doch er würde an ihren Stacheln schon vorbeikommen. Er hatte es versprochen. Dass sein alter Clanangehöriger im Sommerland war – dem

Jenseits – und ihn nicht hören konnte, spielte keine Rolle.

Nell ging auf ein Haus zu, das nicht viel anders aussah als die anderen um es herum. Das Haus hatte eine lang gestreckte rückwärtige Veranda mit Glasschiebetüren, die in eine Küche und ein gemütliches Wohnzimmer führten, in dem eine Gruppe Kinder – sechs, sieben? – um einen Tisch herumsaßen. Eines der Jungen sprang auf, als er sie bemerkte, und öffnete die Terrassentür.

„Tante Nell!", rief er und schlang die Arme um ihre Taille.

Nell verwuschelte dem Kleinen das Haar und erwiderte seine Umarmung. Er war ein Bärenjunges, möglicherweise ein Braunbär, doch Cormac fiel es schwer, andere Bären als Grizzlys zu erkennen, bevor sie sich wandelten.

„Wie geht es dir, Donny?", fragte Nell.

Donny öffnete eifrig den Mund, um ihr zu antworten, aber dann entdeckte er Cormac hinter ihr. Die anderen Jungen am Tisch, die damit beschäftigt gewesen waren, ein riesiges Frühstück zu verschlingen, erstarrten ebenfalls mit Gabeln und Löffeln auf halbem Weg zum Mund.

Donny riss sich von Nell los und flüchtete blindlings in die Küche, wo er sich in dem schmalen Raum zwischen Kühlschrank und Küchenwand versteckte. Er presste sich so weit in die Schatten, wie er nur konnte, und kauerte sich wimmernd zusammen.

Zwei der anderen Kinder jaulten, die übrigen drei saßen wie vor Schreck gelähmt.

Nell hob die Hände. „Nein, alles in Ordnung. Er ist nicht …"

Eine Bärenshifterin, ebenso groß, aber nicht so kurvig wie Nell, kam ins Zimmer gestürzt. Sie hatte die Augen aufgerissen in einer Angst, die nicht weit weg war von der, die Donny empfunden hatte. Ein Mann folgte ihr – ein großer, dünner Mann mit schwarzem Haar und Augen so dunkel, das sie wirkten, als enthielten sie die Schwärze jeder mondlosen Nacht. Sein Geruch traf Cormacs Nase mit Wucht und löste einen lang begrabenen Ur-Instinkt aus.

Cormac fauchte, aus seinen Händen sprossen die rasiermesserscharfen Klauen seines Grizzlys. Er musste dagegen ankämpfen, sich in sein Tier zu wandeln, die beste Form, in der er kämpfen konnte gegen …

„Fee", zischte er. „Ihr habt hier eine Fee – bei den Jungen?"

„*Dokk alfar*", erklärte der große Mann sofort. „Dunkelelf. Nicht Hochelf."

„Was zur Hölle ist der Unterschied?" Cormacs Wut wuchs. Er brüllte Nell an: „Was macht er hier? Warum hat ihn noch niemand getö…?"

„Das ist Stuart Reid", fiel Nell ihm ins Wort. „Es ist sein Zimmer, das du übernimmst, also zeig etwas Dankbarkeit."

„*Das* ist der Reid, von dem du sagst, dass er in deinem Haus wohnt? Bist du verrückt?"

Nell stemmte die Hände in ihre wohlgeformten Hüften. „*Du* bist hier im Moment der, der die Jungen in Angst und Schrecken versetzt, nicht Reid. Also reiß dich mal zusammen." Sie wandte sich den Kindern am

Tisch zu. Ihre Körperhaltung war locker, damit sie sich beruhigten. „Alles in Ordnung. Das ist nicht Miguel. Er wird euch nichts tun. Das verspreche ich. Denn wenn doch, dann hau ich ihm eine Bratpfanne über den Kopf."

Die Mädchen am Tisch kicherten. Die Jungs, skeptischer, lachten nicht, aber sie entspannten sich ein wenig, und die Gabeln bewegten sich zurück zu ihren Pfannkuchen. Nur Donny blieb neben dem Kühlschrank eingezwängt und verströmte einen scharfen Geruch nach tiefer Angst. Dieser Paria-Bär – Miguel – musste ihn zu Tode erschreckt haben.

Armer Junge. Das Mitgefühl bewirkte, dass Cormac seine Klauen wieder einfuhr und sein Tier zurückdrängte. Ganz gleich welcher schändliche Plan die Fee hergebracht hatte, das war nicht so wichtig, wie den Jungen klarzumachen, dass sie in Sicherheit waren. Junge kamen immer zuerst.

„Siehst du, was du tust?", fragte Nell Cormac, während die andere Shifterin zu Donny ging, um ihn hinter dem Kühlschrank hervorzulocken. „Du stürmst hier unangekündigt herein und ängstigst die Jungen halb zu Tode. Wer hat dir beigebracht, wie man sich als Shifter verhält?"

„Das habe ich mir selbst beigebracht", antwortete Cormac. „Ich musste mich in der Wildnis im nördlichen Wisconsin selbst aufziehen. Ich war allein, seit ich etwa acht Jahre alt war." Nicht viel älter als diese Kinder.

Die Shifterin drehte den Kopf zu ihm herum. „Seit du ein Junges warst?"

„Ja. Meine Eltern sind von Jägern getötet worden,

und nur ich war übrig. Ich musste lernen, ohne fremde Hilfe klarzukommen. Fast fünfzehn Jahre lang habe ich danach keinen anderen Shifter zu Gesicht bekommen."

Nell starrte ihn schockiert an. Cormac gab vor, das zu ignorieren. Er wollte sie nicht durch Mitleid für sich gewinnen. Aber ja, es war schwer gewesen, ein Bärenjunges, das völlig auf sich gestellt war, nicht sicher, ob er Tier oder Mensch war.

„Den Segen der Göttin für dich", begrüßte ihn die Shifterin. „Ich bin Peigi. Diese Fee, wie du ihn nennst, hat geholfen, mich und die anderen Weibchen, die Miguel entführt hatte, und alle unsere Jungen zu befreien. Daher ist Stuart in meinem Haus willkommen."

Hmm. Die Fee blickte ihn herausfordernd an, und Cormac beschloss, das Thema fallenzulassen. In Shiftertowns passierten merkwürdige Dinge, und Shane hatte angedeutet, dass Reid und Peigi jetzt ein Paar waren.

„Falls sich jemand fragt, das ist Cormac", erklärte Nell. „Er ist ein Grizzly, der in diese Shiftertown gezogen ist. Er glaubt, dass er eine Gefährtin braucht, und er glaubt, diese Gefährtin bin ich."

Das ganze Zimmer merkte auf. Donny kam endlich aus seinem Versteck heraus, auch wenn er hinter Peigi blieb.

Eines der Mädchen am Tisch fragte: „Wirst du eine Gefährtenbundzeremonie haben, Tante Nell? Ich liebe die Zeremonien. Ich warte schon auf meine eigene."

„Das wird erst in vielen Jahren sein", spöttelte

Donny von hinter Peigis Beinen. „Tante Nell ist viel, viel älter als du, daher wird sie ihre sofort kriegen."

„Dürfen wir im inneren Kreis tanzen?", fragte das weibliche Junge. „Ich weiß, Tante Nell ist nicht unsere wirkliche Tante, aber sie kümmert sich um uns, und wir sind praktisch Familie."

Shifter bildeten zu den Ritualen und Zeremonien zwei Kreise – direkte Familienangehörige und enge Freunde im inneren Kreis, der Rest der Shiftertown im äußeren. Das langsame Tanzen in den Kreisen, die sich in gegensätzliche Richtungen bewegten, riefen die Göttin und den Gott zu den Feierlichkeiten. Oder jedenfalls erzählte man sich das so. Der würdevolle Reigen ging üblicherweise wenige Minuten nach dem Gefährtenbund in eine ausschweifende Party über.

„Ich bin einverstanden", sagte Cormac. „Ihr könnt alle im inneren Kreis sein. Vielleicht sogar die Fee." Cormacs Nase kräuselte sich. Reids leicht beißender Geruch beschwor seine Tötungsinstinkte herauf.

„Onkel Stuart ist okay", meinte das Mädchen. „Obwohl er stinkt."

„Entschuldigung!" Nell hob die Hände, und alle starrten sie an. „Niemand geht hier irgendeinen Gefährtenbund ein. Cormac ist heute Morgen in mein Haus gestürmt und hat erklärt, dass er eine Gefährtin will – dass er *mich* will –, und er hat mir immer noch nicht erzählt, warum."

Es war an der Zeit, ihr die Wahrheit zu gestehen. Cormac begegnete Nells Blick und hielt ihn. „Magnus hat mich geschickt."

Cormac beobachtete, wie der Schock durch Nells Körper fuhr, ihre Pupillen sich auf Stecknadelkopfgröße verkleinerten. Er wusste, das war unfair von ihm gewesen, doch er hatte nicht die Zeit, sie sanft zu umwerben. Eric hatte gesagt, Nell würde es ihm nicht leicht machen, aber Cormac erkannte, wenn er ihre harte Schale nicht knackte, und zwar bald, dann würde sie sich für immer vor ihm verschließen.

Das schien ihm gelungen zu sein. Nell kam auf ihn zu. Klauen wuchsen aus ihren Händen. Ihr Körper traf mit einem hörbaren Aufprall auf seinen und warf ihn rückwärts aus der offenen Schiebetür.

Die beiden rollten von der Veranda und landeten im Dreck und dem trockenen Gras darunter. Nells gewaltige Klauen zielten auf Cormacs Kehle.

## KAPITEL DREI

Nell drosch blindlings auf ihn ein. Mit Magnus' Namen brachen alte Wut und Trauer der Vergangenheit aus ihr hervor. Cormac konnte ihn nicht gekannt haben, er hatte nicht das Recht, zu behaupten, er habe das.

Das warf sie ihm an den Kopf, während sie ihm ins Gesicht schlug, doch Cormac blockte jeden Schlag mit schneller Effizienz ab.

Endlich bekam er sie an den Handgelenken zu fassen und rollte sich mit ihr herum, drückte sie mit beeindruckender Kraft auf den kalten Boden. Seine blauen Augen hatten sich so sehr verdunkelt, dass sie fast schwarz erschienen: Shifter-Augen, die von ihr verlangten, dass sie stillhielt.

Nell roch die Bestürzung der anderen auf der Veranda. Reids Feengeruch verstärkte sich, während er überlegte, was er unternehmen sollte.

Cormac hielt Nell schonungslos unten, doch seine Hände um ihre Handgelenke waren erstaunlich sanft.

„Du hast Magnus nicht gekannt", fuhr Nell ihn an. Ihr Gefährte hatte nie jemanden namens Cormac erwähnt, nicht dass er überhaupt viele Leute aus seiner Vergangenheit erwähnt hätte. Magnus hatte die Isolation geschätzt.

„Ich habe nicht gesagt, dass ich ihn gekannt habe", bestätigte Cormac. Verdammt, er atmete noch nicht einmal schwer. „Er war von meinem Clan, aber er war schon weg, als ich zu ihnen gekommen bin. Er hatte sie verlassen."

„Ich weiß." Nell konnte nicht aufhören zu knurren.

Shifter, besonders Bären, konnten von ihren Clans getrennt leben, und oft taten sie das in der Wildnis auch, dennoch fühlten sie eine enge Verbundenheit. Und die Clananführer kannten sogar einen Zauberspruch, mit dem man Clanmitglieder in Zeiten der Not zu sich zurückrufen konnte – in den Tagen vor den Handys war das sehr nützlich gewesen.

Ein Shifter, der sich von allem lossagte, sogar von Blutsbanden, die dafür sorgten, dass dieser Spruch wirken konnte, war ungewöhnlich, und der Clan erklärte einen solchen Shifter für tot. Magnus hatte sich losgesagt, weil er mit der extrem altmodischen und ernsten Art, wie sein Clananführer den Clan leitete, nicht einverstanden gewesen war.

Nell war sehr jung gewesen und fürchterlich verliebt und hatte es romantisch gefunden, dass er sich entschlossen hatte, alleine loszuziehen. Es war ihr nicht schwergefallen, mit ihm zu gehen, bis sie einen Platz fanden, wo sie ganz alleine waren – nur sie und er –, um einen neuen Clan zu gründen.

Das Problem war, wenn ein Shifter sich von seinem

Clan trennte, verlor er einen Teil seiner selbst. Magnus hatte seine Entscheidung mehr als einmal bereut, doch er hatte nicht gewusst, wie er sie rückgängig machen sollte. Er wäre ganz sicher bestraft worden, wenn er zurückgegangen wäre, vielleicht sogar mit dem Tod. Er hatte ganz richtig erkannt, dass sein Clananführer eine grausame Seite besaß.

Wenn Magnus lange genug gelebt hätte, hätte er vielleicht eine Möglichkeit finden können, sich auszusöhnen und Nell mitzubringen, aber er war immer distanzierter und deprimierter geworden. Nell hatte die Zeichen gesehen, doch sie hatte sie nicht verstanden, bis es zu spät war.

„Sie haben nichts von dir gewusst", erklärt Cormac. Seine Hände auf ihren Handgelenken lockerten sich etwas, seine Augen nahmen wieder ihre tiefblaue Farbe an. „Magnus hatte nie jemandem erzählt, dass er sich eine Gefährtin genommen und Jungen gezeugt hatte. Bis vor sechs Monaten wusste das niemand. Da habe ich verstanden, dass ich dich finden musste."

„Was meinst du damit, du hast verstanden, dass du mich finden musstest? Wenn Magnus das nie jemandem erzählt hatte, wie konntest du es wissen?"

„Er hatte, bevor er starb, einen Brief geschrieben, in dem er alles erklärt hat, der aber verloren gegangen ist. Erst als ein Shifter, den ich kannte, ihn ausgerechnet in einem Museum in Winnipeg fand und mir geschickt hat, hat der Clan von deiner Existenz erfahren. Magnus hatte gestanden, dass er dich als Gefährtin genommen hatte und darum gebeten, dass einer von uns sich um dich kümmern sollte, wenn er tot war. Daher habe ich mich entschieden, dich zu finden und seinem Wunsch zu entsprechen. Lieber spät als nie."

„Also war dieser Blödsinn, dass du eine Gefährtin suchst, nur ... Blödsinn?"

„Nein." Cormac lächelte wieder. „Aber es war ein guter Vorwand, hierher umgesiedelt zu werden. Ich habe meinem Clananführer nichts von dir und dem Brief erzählt, denn er ist immer noch altmodisch. Jetzt, da die Shifter zivilisiert sind, wird er vielleicht nicht versuchen, die Gefährtin und die Jungen eines ausgestoßenen Shifters zu töten, doch er würde euch das Leben schwermachen. Wenn ich dich unter meinen Schutz stelle, wird das nicht passieren. Und ich habe nicht gelogen, dass ich dich als Gefährtin will. Als ich diesen Brief gelesen habe, Magnus' Beschreibung der unglaublichen Frau, die du bist, wusste ich, dass du die Richtige für mich bist."

„Du redest so einen ... Runter von mir."

Cormac kam so schnell auf die Füße, dass Nell wie betäubt auf dem Boden im Schmutz liegen blieb. Dann griff er mit seiner großen Hand hinab und zog sie hoch. Im letzten Moment verlieh er der Bewegung zusätzlichen Schwung und zog sie an sich.

Er war warm, fest, beruhigend. Ihre Gefühle waren durcheinander. Magnus, der sie verlassen hatte, genau wie seinen Clan, nur dauerhaft. Magnus, der einen Brief geschrieben hatte, in dem er seinem Clan von ihr erzählte und bat, dass jemand kommen sollte, sie als Gefährtin nehmen sollte, sodass für sie gesorgt war, wenn er nicht mehr da war. Der Brief ging verloren, daher war niemand gekommen. Und Nell war alleine gewesen. Jetzt war Cormac hier und erklärte, er sei ihretwegen da. Einhundert Jahre, nachdem sie ihn gebraucht hätte.

Es war verlockend, sich an ihn zu lehnen, sich auf ihn zu stützen. Sie hatte so lange so viel Gewicht auf ihren Schultern getragen.

Nell begann, sich von ihm zu lösen. Cormac legte seinen Arm fester um sie und drückte sie an sich. Sein Mund senkte sich zu einem brennenden Kuss auf ihren.

Cormac wusste, wie man küsste. Er wusste, wie er ihre Lippen dazu verleitete, sich zu öffnen, wie er an den Mundwinkeln behutsamer sein musste. Er nahm ihre Unterlippe sanft zwischen seine Zähne, zog ein wenig daran, ein winziges Zeichen, dass er sie auch mit Wildheit nehmen konnte, wenn er sich gehen ließ.

Die Jungen auf der Veranda jubelten. Nell riss sich los. Sie trat einen Schritt zurück, stolperte und begann, zu fallen. Aber Cormacs Arm war da und hielt sie auf den Füßen.

Peigi blickte etwas besorgter als die Jungen, um die sie sich kümmerte – keines davon ihres, denn sie war von Miguel nie schwanger geworden. Reid beobachtete das Ganze einfach mit seinem unergründlichen Gesichtsausdruck.

„Hast du einen Gefährtenbund mit Cormac, Tante Nell?", fragte Donny.

Nell unterdrückte ein weiteres Knurren. Sie wollte nicht über den Gefährtenbund sprechen oder Gefährtenanträge oder Gefährten *überhaupt*.

Sie riss sich von Cormac los. „Versuch nicht

einmal, mir zu folgen", sagte sie und marschierte über die Gemeinfläche davon.

Hinter ihr hörte sie die Jungen besorgt Fragen stellen und Cormacs tiefe Stimme antworten.

Er versuchte tatsächlich nicht, ihr zu folgen. Warum war sie jetzt enttäuscht?

*Zum Henker damit.* Nell lief weiter – hatte keine Ahnung wohin, aber immerhin war sie schnell.

～

Joe begann, dem Bären Shane zu folgen, indem er eine andere Bar besuchte. Sie hieß Coolers und war bei Shiftergroupies beliebt – Menschen, die alles wollten, von der Gelegenheit, Shifter anzuschauen, bis hin zu Gruppensex mit ihnen auf dem Parkplatz.

Zum Glück waren nicht alle Groupies mit falschen Halsbändern, Katzenohren oder Katzenschnurrhaaren verkleidet. Viele wirkten ganz normal, sodass Joe nicht weiter auffiel.

Joe war gut darin, nicht aufzufallen. Er hatte die Leute beobachtet, die hierherkamen und hatte sich Kleidung besorgt, wie sie sie trugen – in diesem Fall Jeans aus einem der teureren Läden in der Einkaufspassage und ein Harley-T-Shirt.

Er wusste aufgrund seiner sorgfältigen Beobachtung, dass Shane oft in diese Bar kam. Manchmal ging er mit einer Frau nach Hause, manchmal mit seinem Bruder oder Shifterfreunden, manchmal arbeitete er hier als Türsteher. Es war nur eine Frage der Zeit, bis Joe die Gelegenheit bekäme, Shane zu stellen, vielleicht wenn der Bär sich mit einem der Groupies für eine schnelle Nummer nach draußen schlich. Eine betrunkene Groupiefrau konnte er mit einem milden Betäubungsmittel außer Gefecht setzen, bevor er sich der deutlich schwereren Aufgabe widmete, den Bären zu betäuben und wegzuschleppen.

Am schwierigsten würde es werden, den Bärenkörper anschließend in die Wüste hinauszuschleppen und loszuwerden. Er würde den Bären in einer seiner Hütten töten, die er dafür bereits vorbereitet hatte, komplett mit Plastikfolie, damit das Blut nicht in Boden und Wände drang.

Der Shifter, der das Kopfgeld zahlte, sagte, er würde den Kopf als Beweis nehmen. Joe würde sicherstellen, dass Shane in seiner Bärenform war, wenn die Kugeln ihn trafen. Er kannte einen Präparator, der keine Fragen stellte, sodass er den Bärenkopf ausstopfen lassen konnte, bevor er versuchte, ihn über die Grenze nach Mexiko zu bringen. Das war sauberer.

Shane betrat den Club, während Joe zum hundertsten Mal seinen Plan durchging. Er war mit seinem Bruder gekommen und einem anderen Bärenshifter, den Joe noch nie zuvor gesehen hatte, sowie einer dunkelhaarigen Shifterfrau, die nicht besonders glücklich wirkte.

Der Tisch neben Joe war kurz zuvor frei geworden, und Joe hielt seinen Blick auf seine Bierflasche gerichtet, während Shane und seine Freunde genau diesen Tisch ansteuerten. Shanes Bruder löste sich von der Gruppe und trat an die Bar. Die Shifterfrau setzte sich schwer auf den Stuhl, den der dritte Shiftermann für sie herausgezogen hatte.

Joe nahm sein Bier auf und konzentrierte sich auf zwei sexy menschliche Frauen in engen roten Kleidern, die sich auf der Tanzfläche wanden, und gab vor, die Bären überhaupt nicht zu bemerken.

„Ich weiß nicht einmal, warum ich überhaupt hier bin", knurrte die Shifterfrau.

„Weil Cormac den Laden einmal kennenlernen wollte", erwiderte Shane und setzte sich. Sein Rücken war keine zehn Zentimeter von Joes Stuhl entfernt. „Du magst das Coolers, Mom. Du kommst dauernd her."

„Ja, klar, um mit meinen Freunden zu reden. Nicht um mich aufzubrezeln, als hätte ich gerade erst meinen Übergang hinter mir. Warum willst du, dass ich das trage? Wolltest du wissen, ob eine große Frau sich in ein enges Kleid zwängen kann?"

Sie blickte den Shifter, bei dem es sich um Cormac handeln musste, böse an. Wenn sie Shanes Mutter war, dann machte sie das nach Joes Nachforschungen zu der Bärenshifterin Nell.

Nell sah nicht schlecht aus in ihrem schwarzen, hautengen Kleid. Sie nannte sich groß, aber sie meinte damit, dass sie Brüste hatte, auf die die Stripperin, die er an diesem Morgen beobachtet hatte, neidisch gewesen wäre, und Hüften, welche die Aufmerksamkeit auf ihren hübschen kurvigen Hintern lenkten. Wenn Joe auf Shifter stünde, würde er Nell definitiv einen zweiten Blick gönnen.

Nells gesamte Aufmerksamkeit war auf Cormac gerichtet und Cormacs auf sie. Shane erhob sich. „Ich gehe mal Brody mit den Getränken helfen."

„Du bleibst ganz genau dort, wo du bist, Shane",

befahl Nell im Tonfall einer Person, die Angst hinter Wut versteckte.

„Wenn Brody mehr als zwei Drinks tragen muss, wird er etwas verschütten. Es ist besser so."

Shane schob seinen Stuhl beiseite, trat einen Schritt zurück und lief direkt in Joe hinein. Joes Bier geriet ins Schlingern, doch Shane griff die Flasche in einer schnellen Bewegung und setzte sie ab, bevor etwas verschüttet wurde.

„Entschuldigung", sagte Shane, „Soll ich Ihnen eine neue besorgen?"

Joe schüttelte den Kopf und winkte ab, um zu zeigen, dass alles okay war. Er wollte nicht sprechen und wollte dem Bär nicht zu viele Punkte geben, an die er sich erinnern könnte. Shane zuckte mit den Schultern und machte sich auf die Suche nach seinem Bruder.

„Das wird nicht funktionieren", erklärte Nell, sobald Shane gegangen war.

Der blauäugige Shifter lehnte sich zurück und lächelte sie an. „Dass Shane und Brody die Drinks holen?"

„Stell dich nicht dumm. Ich habe den ganzen Tag darüber nachgedacht, während du und meine Söhne so viel Lärm in meiner Küche gemacht haben. Du hast dich also verpflichtet gefühlt, mich zu suchen, als du Magnus' Brief gelesen hast? Das ist jetzt nicht mehr wichtig. Er ist seit über einem Jahrhundert nicht mehr da, und ich habe von dem dummen Brief noch nicht einmal gewusst. Es bedeutet nicht, dass du mein Gefährte sein musst. Selbst dann nicht, wenn du gut Regale aufhängen kannst."

Cormac hörte ihren deutlichen Worten mit einem Ausdruck des Interesses und der Anteilnahme zu. Als sie fertig war, legte er lässig den Arm über die Lehne ihres Stuhls. „Warum bist du nicht zu deinem eigenen Clan zurückgekehrt, als er gestorben ist? Du musst doch außer dir vor Trauer gewesen sein und zu Tode verängstigt."

„Weil sie tausendzweihundert Kilometer weit weg waren und ich zwei kleine Jungen hatte und kein Geld. Das Einzige, was mir einfiel, war an Ort und Stelle zu überleben. Außerdem war niemand erfreut darüber gewesen, dass ich Magnus' Gefährtenantrag angenommen hatte, und wir hatten nie eine Sonne- und Mondzeremonie. Magnus hielt das nicht für notwendig." Sie seufzte. „Du weißt, was es heißt, dass ich nicht zurück zu meinem Clan gehen konnte? Das bedeutet, ich konnte seinen Leichnam nicht von einem Wächter zu Staub machen lassen. Ich habe ihn verbrennen müssen."

Joe wusste, wenn ein Wandler starb, dann steckte einer von ihnen, der Wächter genannt wurde, ein Schwert durch das Herz des toten Shifters. Anscheinend glaubten sie, dass dies die Seele für die Nachwelt befreite. Beerdigungen und Einäscherungen auf die menschliche Art und Weise waren für sie ein Gräuel. Joe stellte sich die arme Frau vor, zwei kleine Kinder, die sich an sie klammerten, die die Entscheidung treffen musste, den Leichnam auf eine Art loszuwerden, die gegen ihren Glauben sprach. Das musste schwer gewesen sein.

Cormac lehnte sich vor und legte seine Hände über Nells und schloss sie zwischen seinen ein. „Das tut mir so, so leid. Ich wünschte, ich hätte dich damals finden können. Doch zumindest habe ich dich jetzt gefunden."

"Ja? Nun, du bist so um die hundertdreißig Jahre zu spät."

"Nein." Cormacs Stimme war fest. "Es ist nie zu spät dazu, nicht alleine zu sein."

Nell betrachtete Cormac mit einer Art großäugiger Verwirrung, die an Panik grenzte. "Ich bin es gewohnt, allein zu sein. Ich habe alles allein gemacht."

"Du bist es vielleicht gewohnt, aber du magst es nicht. Du kannst mich nicht anlügen, Nell. Ich kann dich lesen, und ich kann deinen Duft riechen. Was ich spüre, ist eine Shifterin, die sich gerne um alle kümmert, die jedoch nicht viel für sich selbst tut."

"Hey. Ich gehe aus. Ich komme hierher. Ich habe ein Sexleben gehabt, vielen Dank. Meine Jungs finden es peinlich."

"Das ist nicht das Gleiche, wie nach einem neuen Glück zu suchen. Bevor du mich rausschmeißt, gib mir eine Chance, dir zu helfen dieses Glück zu finden."

Nell verstummte. Shane und Brody brauchten wirklich lange, um die Drinks zu besorgen, und Joe sah den Schmerz in Nells Augen, als sie zur Bar hinüberblickte, als suchte sie ihre Söhne.

Dieser Cormac-Typ öffnete ihr sein Herz. Joes Meinung nach setzte er sie ein wenig unter Druck – es klang, als habe er einen Brief gelesen, den ihr Gefährte geschrieben hatte, und war deshalb hier aufgekreuzt. Es war erstaunlich, wie sie hier über ein ganzes Jahrhundert redeten, so wie Menschen über ein paar Jahre. Es musste schwer für sie gewesen sein, damals ein Shifter zu sein, als Shifter ihre wahre Natur versteckten, besonders wenn Kinder da waren, um die sie sich kümmern musste.

Joe beobachtete sie aus dem Augenwinkel, während er einen weiteren Schluck Bier trank. Beide Shifter trugen Halsbänder, beide waren größer als Menschen, aber sie sahen gut zusammen aus. Sie passten zueinander. Nell schaute auf ihre beiden Hände hinab, die Finger miteinander verschränkt. Cormacs Blick war auf Nell gerichtet. Joe vermutete, es war jetzt nur noch eine Frage der Zeit.

Cormac zog Nell ein wenig näher zu sich. „Hey, sag mal, wollen wir ein wenig tanzen?"

Nell sah auf. Sie mochte es nicht. „Wenn wir gehen, bevor Brody und Shane zurück sind, verlieren wir den Tisch."

„Es gibt andere Tische", lachte Cormac. „Du kennst doch die Hälfte der Leute hier. Ich bin mir sicher, es würde ihnen nichts ausmachen, den Tisch zu teilen."

„Ich kenne wirklich die Hälfte der Leute hier. Und sie werden sehen, wie ich wie eine Idiotin herumtanze."

„Nicht wie eine Idiotin." Cormac drückte ihr einen Kuss aufs Haar. „Komm. Du musst keine Angst haben."

Nell blickte zu ihm hoch und funkelte ihn an. „Na, schön. Pass auf, dass du mithalten kannst."

„Ich liebe Herausforderungen, Süße."

Cormac führte sie weg. Er ging vor ihr – Shiftermänner gingen immer vor, um Gefahren auszuspähen – und hielt auf dem ganzen Weg ihre Hand.

Joe hob sein Bier in einem stillen Toast. Er hoffte, sie schafften das. Sie schienen gut zusammenzupassen.

Als sie in dem Gewühl auf der Tanzfläche verschwanden, kehrten Joes Gedanken zu seinen Plänen, Shane zu töten, zurück. Nells Geschichte war herzzerreißend, aber zwanzigtausend Dollar waren zwanzigtausend Dollar.

## KAPITEL VIER

Cormac konnte tanzen. Er konnte tanzen, er konnte küssen, und er hatte ein Lächeln, das den Raum erhellte. Es war nicht fair.

Es war ein schneller Tanz. Statt wild rumzuhampeln, wie die Menschen oder die jungen Shifter es taten, hielt Cormac Nells Hände fest, zog sie dicht an sich und drehte sich mit ihr. Er schwang sie heraus und wieder zu sich und verpasste nicht einen einzigen Schritt.

Nell fand sich erneut an seiner Brust wieder, seine Hände auf ihrem unteren Rücken. Er war eine feste Wand von einem Mann, stark und stabil, ein Fels in der tobenden Brandung.

Ihren Schmerz über Magnus wieder hervorzuholen, ließ etwas in ihr aufbrechen. Es war zu lange her – sie hatte das hinter sich gelassen. Nach Magnus' Tod war es ihr gelungen, zu überleben, weil es nicht anders ging. Shane und Brody hatten sie gebraucht.

Sobald die Menschen entdeckt hatten, dass es

Gestaltwandler gab, und sie in den Shiftertowns zusammengetrieben hatten, war Nells Vergangenheit langsam verblasst, schien zu einer anderen Welt zu gehören. Sie hatte sich ein neues Leben aufgebaut, ihre Söhne hatten bessere Chancen, Gefährtinnen zu finden, und sie freute sich darauf, ihre Enkel auf den Knien zu schaukeln.

Jetzt verwirrte Cormac sie. Sie hasste es, darüber nachzudenken, wie Magnus da lag, mehrere Male mit dem großen Revolver, den er gekauft hatte, durch den Kopf geschossen. Ein Schuss war nicht genug, einen Shifter zu töten. Magnus hatte auf sich geschossen, bis er zusammengebrochen war. Dann war er am Flussufer verblutet.

Dieser Schmerz war nichts, woran Nell sich erinnern wollte.

Cormac wirbelte sie wieder im Tanz herum, und sie endete erneut an seiner Brust.

Er roch nach Schweiß und nach sich selbst, Wärme und Würze. Nells Wut tobte noch immer in ihr. Sie wollte ihn schlagen, weil er sie hervorgebracht hatte. Gleichzeitig wollte sie in seine Wärme sinken, an einen Ort, an dem nichts als Musik und Tanz eine Rolle spielten. Der Lärm war ein Kissen aus Geräuschen, das sie von allem isolierte, die Dunkelheit ließ die anderen in den Schatten verschwinden.

Nell riskierte alles und ließ ihren Kopf an seine Schulter sinken.

Cormac strich mit seiner Hand durch ihr Haar und tanzte langsamer. Nell bewegte sich mit ihm und schloss die Augen.

Es war schön, jemanden zu haben, an den man sich

anlehnen konnte. Nell hatte sich zu lange nur auf sich selbst verlassen müssen.

Die Musik verklang, ging in ein anderes Lied über und wurde wieder lauter. Schneller dieses Mal. Die Shifter jubelten und begannen ausgelassen zu tanzen, unter ihnen auch ihr Sohn Brody, der sich eine junge Felide geschnappt hatte.

Es war zu viel. Zu viel Lärm, zu viele Gerüche, zu viele Körper.

Bären sollten in der Stille der tiefen Wälder leben – in der Nähe eines kühlen Bergflusses. Was zur Hölle machte Nell in Las Vegas, tanzend, inmitten eines Haufens Shifter in einem Club?

„Willst du gehen?", fragte Cormac mit warmer Stimme an ihrem Ohr.

„Bitte", erwiderte Nell atemlos.

Seine Hand schloss sich um ihre, sicher und beruhigend. Er führte sie von diesem Ort weg in die kühle Dunkelheit und die gesegnete Stille der Winternacht.

„Alles in Ordnung?"

Der Parkplatz vor dem Club war eiskalt, und Nell hatte nichts als das kleine Schultertuch, das zu dem Kleid gehörte, aber Cormac war an ihrer Seite. Seine Wärme vertrieb die Kälte des Januarwindes. Dies war die Mojavewüste, brütend heiß im Sommer, doch im Winter konnte es eiskalt werden.

„Was denkst du?", fragte Nell.

„Ich weiß, was du brauchst."

„Wage es nicht, zu sagen, eine schnelle Nummer."

Cormac verzog das Gesicht, als sei das der letzte Gedanke gewesen, der ihm gekommen wäre. „Nein, du musst mal raus und ein bisschen laufen. Komm. Ich kenne den richtigen Ort dafür."

„Wie kannst du einen Ort für so etwas kennen? Du bist gerade erst hergekommen."

Er zuckte die Achseln. „Eric und seine Gefährtin haben mir davon erzählt. Für den Fall, dass wir mal allein sein wollen."

„Eric ist eine Nervensäge, die sich in alles einmischt."

„Er ist der Anführer dieser Shiftertown. Eine Nervensäge zu sein, die sich in alles einmischt, gehört zu seinen Aufgaben."

Cormac hielt Nells Hand weiter fest und führte sie weiter zu seinem Pick-up, einem gebrauchten F-150, den er heute erst abgeholt hatte. Shane hatte darauf bestanden, dass sie alle darin herkamen. Sie hatten lächerlich ausgesehen, drei große Bärenshifter in der Kabine, Shane, der sich hinten auf der Ladefläche ausgestreckt hatte. Nell, war sich sicher, die Fahrer, die sie überholt hatten, hatten sich kaputtgelacht.

„Wie werden Shane und Brody nach Hause kommen?", fragte Nell, während Cormac die Türen aufschloss.

„Irgendwie denke ich, dass deine Jungs zurechtkommen werden. Die halbe Shiftertown ist hier. Sie werden eine Mitfahrgelegenheit finden."

Ja, Shane und Brody waren gut darin, zurechtzukommen. Brody war einer von Erics Trackern – er half Eric, sich um Probleme zu kümmern, und arbeitete bei Bedarf als Leibwächter. Shane machte Ähnliches für Nell, die der ranghöchste Bär in der Gegend war.

Wo würde sich Cormac in der Hierarchie einreihen? Dominanzverschiebungen waren ein großes Problem, wenn neue Shifter sich in einer Shiftertown niederließen. Noch hatten sich die Verhältnisse seit des Einzugs der Lupide nicht wieder beruhigt. Der Lupidanführer war ein großer Wolf namens Graham, der zuvor der Anführer der Shiftertown gewesen war, die geschlossen wurde. Graham und Eric hatten sich darauf geeinigt, nicht um die Rangordnung zu kämpfen, doch die Stimmung war noch immer etwas angespannt.

Cormac schien sich nichts aus Dominanz, Rangordnung oder anderen Ärgernissen im Leben eines Shifters zu machen. Er fuhr zuversichtlich vom Coolers weg, den Boulder Highway entlang zur 95 und dann nördlich aus der Stadt heraus, bevor er auf einen kleineren Highway bog, der in die Berge führte.

Im Januar waren Mount Charleston und die ihn umgebenden Gipfel schneebedeckt, und Nell trug ein enges schwarzes Partykleid mit einem winzigen Schal und Absätzen. Sie zitterte bereits.

„Ich habe meine Skier nicht dabei", sagte sie, als Cormac auf höhere Lagen fuhr.

„Bären fahren nicht Ski." Cormacs warmes Lachen erfüllte den Pick-up. „Aber ich würde das zu gerne sehen. Das wäre bestimmt ein Video, das durchs Internet ginge."

„Sei nicht dumm." Nell knurrte, weil sie lachen wollte. Das lebhafte Bild von Shane, in seiner Bärenform, Halsband um die Kehle, wie er auf Skiern mit Stöcken und allem zu Tal raste – vielleicht noch mit einer Wollmütze –, blitzte durch ihren Kopf. So wie sie Shane kannte, würde er mit einer großen Bärenpranke winken, während er vorbeifuhr. *Sieh mal, Ma!* Er war immer schon so ein Angeber gewesen.

Nell verschränkte die Arme vor der Brust und stellte sich grummelig. „Du hast mir nicht gesagt, wo genau wir eigentlich hinwollen."

Der Pick-up holperte über Schlaglöcher. Die Schneehügel an der Seite der geräumten Straße wuchsen, während sie weiter bergauf fuhren. „Eine Hütte, die Erics Gefährtin gehört. Iona hat angeboten, wenn wir uns mal davonmachen und alleine sein wollen, kann ich mir die Schlüssel von ihr holen und jederzeit herkommen. Ich mag sie."

„Ja. Iona ist sehr großzügig."

Cormac sah sie von der Seite an. „Weißt du, eines Tages wirst du nachgeben und Spaß haben."

„Ich habe die ganze Zeit Spaß. Ich bin die Königin im Spaßhaben. In der tiefsten Kälte den Berg hochzufahren, während ich ein knappes Kleidchen anhabe, ist nicht meine Vorstellung von Spaß."

„Du bist ein Bär, Nell. Du liebst die Kälte. Sag mir nicht, dass du nicht die Winter im Norden vermisst." Er entspannte seine Hände auf dem Lenkrad und lehnte den Kopf gegen die Kopfstütze. „Schnee wie eine Wolkendecke, unberührt, ohne Spuren. Stille so weit, dass man den Schnee aus über drei Kilometern Entfernung von einem Ast rutschen hören kann. Sich in beseligender Einsamkeit warm und sicher zusammenrollen, während die Welt um dich herum in Stille versinkt. Ich liebe den Winterschlaf – es ist eine großartige Zeit, um zu lesen, was man immer schon lesen wollte."

Nell erinnerte sich an die Weite des Landes in

Nord-Kanada, die Kälte, die zerstörte und doch gleichzeitig wunderschön war. Sie hatte Shane und Brody durch das Winterwunderland geführt, sie hatten auf dem zugefrorenen See gefischt und den Fang dann in dem kleinen Steinhaus, das sie sich selbst gebaut hatten, zubereitet. Obwohl Nell keinen Gefährten gehabt hatte, der ihr half, hatte es doch einige gute Zeiten gebeten. Ihre Söhne hatten ihr Liebe und Freude gebracht, als kleine Jungen waren sie anbetungswürdig gewesen.

Sie waren immer noch anbetungswürdig, und es war ihnen peinlich, wenn sie das aussprach.

Cormac ließ die Hauptstraße hinter sich und fuhr eine halb geräumte Straße hoch, die Räder drehten etwa alle zehn Meter durch. Schließlich bog er auf eine Lichtung ab, hielt vor einer Hütte mit großen Fenstern und einer breiten Veranda und stellte den Motor aus. Alles lag in Dunkelheit und Stille. Friedlich.

Nell folgte Cormac in die Hütte, wo er die Heizung hochstellte und ein Feuer im Kamin entfachte.

Die Hütte hatte einen großen Wohnraum und ein Schlafzimmer unten und ein weiteres Stockwerk mit zwei Türen – Schlafzimmer, zwischen denen ein Badezimmer lag. Sie wusste, dass Eric und Iona oft herkamen, um etwas Privatsphäre zu finden, etwas das in Shifterhäusern schwer anzutreffen war, und sie verliehen es an andere Leute, wenn die mal eine Auszeit brauchten, aber Nell hatte das Angebot nie angenommen. Dies war Erics Territorium, und Nell hatte es nicht betreten wollen.

Cormac machte sich anscheinend keine Sorgen darum. Er brachte das Feuer zum Lodern, dann kramte er im Kühlschrank und Gefrierschrank herum, fand Bier, Wasser und reichlich gefrorene Fertigmahlzeiten.

„Iona hält die Hütte gut ausgestattet", sagte er bewundernd.

„Iona und Eric kommen oft her, genau wie Cassidy und Diego und Ionas menschliche Familie. Tatsächlich bin ich überrascht, dass niemand hier ist."

„Eric hat gemeint, er würde sie alle fernhalten."

Nell stemmte die Hände in die Hüften. Sie öffnete den Mund, um ihn anzuschreien, dann atmete sie aus und zwang ihren Körper, sich zu entspannen. Warum sollte sie sich die Mühe machen? Cormac und Eric hatten diesen kleinen Ausflug offensichtlich geplant, wahrscheinlich hatten sie darüber gelacht, wie Nell reagieren würde.

„Eric wird für lange Zeit damit beschäftigt sein, seine Zähne auf dem Teppich zusammenzusuchen", versprach Nell.

„Eric ist ein netter Kerl – für einen Felid."

„Felide sind hinterhältig", knurrte Nell. „Zu hinterhältig für ihr eigenes Wohl."

„Deshalb mag ich Bären lieber." Cormac kam um die Küchentheke herum zu ihr und legte ihr die Hände um die Taille. „Besonders so eine hübsche, warme Bärin, die ganz direkt sagt, was Sache ist."

„Niemand sagt direkter, was Sache ist, als ich", pflichtete ihm Nell bei.

„Das freut mich zu hören."

Seine Hände auf ihrer Taille lenkten sie ab. Irgendwie war weniger Abstand zwischen ihnen. Sein Körper war nur ein paar Zentimeter von ihrem entfernt. Nells Busen berührte seine Brust, als sie tief einatmete.

„Es gibt nichts, über das ich reden will", sagte sie. „Ich will nicht über Magnus reden oder die Gründe, warum er sich umgebracht hat, oder darüber, was danach mit mir passiert ist. Oder den Brief oder warum du dich entschieden hast, mich zu finden. In Ordnung?"

Cormacs Augen hatten sich verdunkelt, bis sie die Farbe seiner Bärenaugen angenommen hatten. Sein Lächeln war verschwunden, aber sein Mund war noch immer weich. „In Ordnung."

„Du stimmst ja schnell zu."

„Ich weiß, wann es Zeit ist, die Klappe zu halten."

Nell schluckte, und ihre Stimme nahm einen sanfteren Tonfall an. „Dieses Herumgewühle in der Vergangenheit tut mir weh."

„Ich weiß." Cormac fuhr ihr mit den Händen über die Arme bis nach oben zu ihren Schultern. Sein Gesicht war dicht an ihrem. Unrasierte Stoppeln, schwarz vor dem Hintergrund seiner gebräunten Haut, glänzten im zunehmenden Licht des Feuers.

„Ich will keinen Sex mit dir haben", sagte Nell, fand nur mühsam die Worte. „Nicht jetzt. Ich bin zu aufgewühlt."

„Ich weiß."

Cormacs Hände wärmten sie, genau wie sein Blick. Die Heizung schaltete sich ein und blies angenehm warme Luft durch die Hütte, und das Feuer knisterte.

Cormacs Lippen wärmten sie sogar noch mehr. Nell ließ sich von ihm küssen, sie wehrte sich nicht, entzog sich ihm nicht. Küssen war gut. Nicht gefährlich. Dadurch brach kein Herz.

Zumindest war es ihr noch nie zuvor gebrochen.

Cormac öffnete ihre Lippen mit seinen, während seine Finger sich zu ihrem Rücken bewegten. Nell ballte die Hände an ihrer Seite zu Fäusten, als seine geschickte Zunge in ihren Mund tauchte, sie erkundete.

Von seinem Geschmack, dem neuen Gefühl, wurde ihr ganz heiß, und sie öffnete sich ihm. Ihr Körper erwärmte sich, während der Raum seine Kälte verlor. Ihre Muskeln entspannten sich, ob ihr das gefiel oder nicht.

Sie war zu alt für das hier. Nell hatte immer die Beherrschung über ihren Körper, ihre Gedanken, ihre Gefühle. Immer. Sie musste das haben. Spaß war eine Sache. Eine flennende Idiotin zu werden, war etwas ganz anderes.

Als er sie küsste, schlossen sich Cormacs Hände um ihre, streichelten und lockerten sie. Er verwob seine Finger mit ihren – grobe, schwielige Finger, die die Stärke vieler Jahre enthielten.

Hitze sammelte sich unten an ihrem Rückgrat. Sie wollte sich an ihn pressen, ihn mit ihrem ganzen Körper annehmen.

„Nein", flüsterte sie.

„Ich küsse dich nur." Cormacs Atem strich heiß über ihre Lippen. „Das ist alles, Nell."

Sie mochte es, wie er ihren Namen aussprach. Eine einfache, kurze Silbe, doch seine tiefe, raue Stimme füllte den leeren Raum.

„Na schön", gab sie leise nach. „Nur Küssen."

Cormac lächelte. Seine Augen glitzerten triumphierend, und Nells Herz zog sich zusammen.

Cormac küsste so, wie er tanzte. Er begann mit einer Reihe kleiner Küsse über ihre Unterlippe, sanften Tupfern an ihren Mundwinkeln, gefolgt von Knabbern, wo er sie berührt hatte.

Seine Bartstoppeln rieben über ihr Kinn, dann über ihre Wange, während er sich zu ihren Wangenknochen vorarbeitete und schließlich zu ihrem Nasenrücken. Nell hatte Probleme, Luft zu bekommen. Als sie einatmete, nahm sie seinen Geruch auf. Ein Männchen, das ein Weibchen wollte, und der gute, reine Duft von ihm.

Er küsste sie wieder auf die Wange, und sie spürte die Berührung seiner Zunge. Er arbeitete sich bis zu ihren Ohrläppchen vor und leckte sie, dann fühlte sie das leichte Zwicken seiner Zähne.

Sie holte einen weiteren tiefen Atemzug. „Nur Küssen, habe ich gesagt."

„Das ist Küssen." Seine Stimme kitzelte an ihrem Ohr. „Und das." Er hauchte welche auf ihre Ohrmuschel, dann ihre Schläfe, ihre Stirn.

Nell schloss die Augen. Er hatte irgendwann ihre Hände losgelassen, und sie grub sie in den Stoff seines Hemds. Sie versuchte, loszulassen, aber es gelang ihr nicht.

Cormac gab ihr einen Kuss auf die Nasenspitze und lächelte dabei. Der Mann lächelte zu viel. Damit musste er aufhören, denn es bewirkte, dass sie zurücklächeln wollte.

Er wandte sich wieder ihrem Mund zu. Dieses Mal wechselten sich die Küsse mit kleinen Berührungen seiner Zunge ab, die jedes Mal einen Hitzeblitz durch sie zucken ließen. Das Weibchen in ihr antwortete mit Feuer.

Nells Mund öffnete sich für ihn, ihre Lippen legten sich auf seine. Cormac strich seine Zunge in ihren Mund und setzte den Tanz fort. Er leckte hinter ihren Zähnen und unter ihrer Zunge, schmeckte sie.

Er zog sich sanft zurück, löste seinen Mund von ihrem und ließ Nell beraubt zurück.

„Jetzt küsst *du mich*", verlangte er.

„Was?" Seit wann zitterte ihre Stimme so? „Das habe ich doch gerade."

„Nein. Ich habe dich geküsst. Jetzt bist du dran."

„Wir sind doch keine Jungen mehr", versuchte Nell sich herauszureden.

Cormacs Lachen war sanft und tief. „Gibt es hier irgendjemanden, den das kümmert?"

Sie waren allein. Ganz allein. Hier oben auf dem Berg, mitten im Schnee, gab es niemanden, der sie sah, niemand, der vorbeikam. Eric, diese Ratte, hatte vermutlich alle in Shiftertown gewarnt, dass sie sich fernhalten sollten.

Cormac wartete. Lachen funkelte in seinem Blick, und in seinen Augenwinkeln bildeten sich kleine Fältchen. Nell las Einsamkeit in diesen blauen Augen und erinnerte sich daran, wie er beschrieben hatte, als Junge brutal seiner Eltern beraubt und schutzlos gewesen zu sein. Sie sah jedoch auch, dass er aus dieser Einsamkeit gestärkt hervorgegangen war.

Nell atmete ein, legte ihre Hände auf seine Schultern und küsste ihn fest auf den Mund. Cormacs Lippen wurden unter ihrem Ansturm fest, und er lachte leise, als sie sich zurückzog.

„Ist das alles, was du kannst?", fragte er.

„Hey, ich hab noch gar nicht richtig angefangen, Schätzchen."

Sie schlang ihm die Arme um den Hals und öffnete seinen Mund mit ihrem, ließ ihre Zunge hineingleiten. Sie leckte ihn, schmeckte ihn, spielte mit ihm, biss ihn zärtlich. Sie legte ihren Mund über seinen, nahm ihn sich, ihre Lippen trafen sich und trennten sich, das leise Geräusch des Küssens mischte sich in das Knistern des Feuers.

Cormac legte ihr seine großen Hände ins Kreuz und bewegte sie dann zu ihrem Hintern. Er zog sie zu sich hoch, sein Mund auf ihrem wurde fester, während sie ihn weiterküsste.

Ihre Lippen glitten übereinander, und ihre Zungen rieben sich aneinander. Sie bissen und küssten sich. Als Nell sich von ihm lösen wollte, zog Cormac sie nur noch enger an sich. Sein Mund war fordernd.

Etwas hatte sich in diesem Kuss verändert. Der verspielte Cormac wurde ernst, ein Shiftermann, der einem Weibchen die Richtung vorgab. Nell spürte die Veränderung, roch sie … und wollte sie.

Wenn sie wüsste, was gut für sie war, würde sie ihn wegstoßen, zurück zum Pick-up laufen, den Berg hinabfahren und Cormac zurücklassen. Wenn er und Eric so gut miteinander auskamen, konnte Eric ja kommen und Cormac abholen.

Na schön, Cormac hatte die Schlüssel zum Wagen vermutlich in seiner vorderen Hosentasche. Es wäre gefährlich, wenn Nell danach suchen würde. Gut, dass sie wusste, wie man einen Pick-up kurzschloss.

Ein Schauer durchlief sie. Seine Tasche wäre warm, und sein Schwanz wäre ganz nah.

Sie löste sie sich von ihm und rang nach Atem. „Nur Küssen."

Cormacs Augen zeigten weniger Lachen und mehr Verlangen. „Hat hier jemand etwas anderes getan?"

„Du hast darüber nachgedacht."

„Natürlich denke ich darüber nach. Ich bin allein hier mit dir, und du trägst dieses sexy Kleid. Ich möchte es dir herunterreißen und jeden Zentimeter deines Körpers ablecken. Ich will dich da unten auf dem Teppich vor dem Feuer, damit du und ich tun können, was Shifter tun sollten."

„Die Feinde der Feen bekämpfen?"

„Sehr lustig."

„Wenn ich dir nachgebe und mit dir schlafe, wirst du das zum Anlass nehmen, diesen Gedanken, dass du mich als Gefährtin haben möchtest, beharrlich weiterzuverfolgen."

Cormac zuckte mit den Schultern. „Ich werde das sowieso beharrlich weiterverfolgen, also können wir genauso gut etwas Spaß haben."

„Ich kann nicht mit dir schlafen!" Nells Worte hallten bis zur hohen Decke der Hütte hinauf, kreisten um die Empore des Obergeschosses und kamen zurück hinab.

„Wenn du vergessen hast, wie das geht, bringe ich es dir gerne bei. Du legst einfach die Arme um mich und …" Cormac zeigte es ihr.

„Wirst du wohl aufhören, Witze darüber zu machen. Bei der Göttin, ich habe zwei erwachsene Jungen."

„Warum sollte ich aufhören, Witze zu machen, nur weil du erwachsene Jungen hast? Sie haben beide durchaus Sinn für Humor. Besonders Shane."

„Ich kenne dich kaum."

„Nell." Cormac ließ die Hände unter ihr Haar gleiten und überwand die wenigen Zentimeter Raum zwischen ihnen. „Ich weiß, ich habe dir Angst eingejagt. Ich weiß, ich habe dich in ein Gefühlschaos gestürzt. Ich hätte vorsichtiger sein sollen. Aber diesen Brief zu lesen, hat mich innerlich zerrissen. Ich musste dich finden – ich konnte nicht zur Ruhe kommen, bis ich dich gefunden hatte. Es war, als ob die Göttin mich direkt zu dir geschickt hätte. Als du in diesem pinken, flauschigen Bademantel mit deinem Gewehr und den verkehrt herum angezogenen Stiefeln herausgekommen bist, wusste ich, dass es richtig gewesen war, nach dir zu suchen."

„Ich wollte dir mit diesen Stiefeln in den Hintern treten. Das möchte ich immer noch."

„Nein, willst du nicht." Cormac massierte ihr den Nacken. „Wenn du das tun wolltest, würdest du mich nicht küssen."

„Kann ich nicht beides wollen?"

Sein Lächeln kehrte zurück. „Dann gibst du also zu, dass du mich küssen willst? Gut."

„Dich zu küssen hat seine Vorteile." Nell hatte sich schon seit langer, langer Zeit nicht mehr so gründlich geküsst gefühlt.

Cormac drückte sie noch fester an sich, knetete weiter sanft ihren Nacken. „Was willst du sonst noch tun? Außer mich zu küssen und mich in den Hintern zu treten?"

„Keinen Sex."

„Du bestehst weiter darauf. Na gut, für den Moment kann ich mich damit abfinden."

„Und zieh dein Hemd aus."

Cormacs Augen weiteten sich, und seine Hände hielten inne. „Was?"

„Ich sagte, zieh dein Hemd aus. Wenn du davon redest, mein Gefährte zu werden, will ich sehen, was ich bekommen würde."

## KAPITEL FÜNF

Cormac dachte, ihm würde jeden Moment das Herz stehen bleiben. Die Frau seiner Träume sah ihn aus ihren hübschen, dunklen Augen an und befahl ihm, sich auszuziehen.

Kein Problem. Shifter waren daran gewöhnt, ihre Kleidung loszuwerden, wenn sie ihre Tierform annahmen. Wenn sie das nicht taten, wurde alles in Fetzen gerissen, wenn die Körper sich ausdehnten, und das konnte wehtun.

Cormac knöpfte sich das Hemd auf, streifte es sich ab und warf es auf die Couch. Sein T-Shirt folgte. Er stemmte die Hände in die Hüften und stellte sich Nell gegenüber, wobei er sich bemühte, nicht zu zittern, wie ein Junges, das kurz vor dem Übergang stand.

Nell stand mit einer Hand in der Taille und ließ ihren Blick langsam über seinen Oberkörper wandern. Sie musterte seine starken Muskeln, das schwarze Haar auf seiner Brust und die Einkerbung seines Nabels – jeden Zentimeter von ihm. Cormac kribbelte es überall, als striche sie ganz leicht über seine Haut.

„Was ist hier passiert?" Nell trat dicht an ihn heran und berührte die lange Narbe, die von Cormacs Bauch bis zu seinem Rücken verlief.

Es fiel ihm schwer zu atmen. „Jäger. Vor langer Zeit in der Wildnis. Hat mich nur gestreift."

Besorgnis flackerte in ihren Augen auf. „Du bist entkommen. Was ist passiert?"

„Ich bin hinter ein paar Bäume gelaufen, habe mich in einen Menschen gewandelt und dann bin ich vorgestürmt und habe ihn angeschrien. Ich hab geglaubt, er macht sich gleich in die Hosen. Er dachte, seine Kugel hätte sein Ziel verfehlt und einen verrückten Jungen getroffen, der im Wald seine Freundin vögelte. Nachher hab ich mich kaputtgelacht."

Nell fuhr über die Narbe. „Du hast gelacht, während du dagestanden und geblutet hast?"

„Ich habe einen Arzt gefunden, der es genäht hat. Es ist schnell verheilt. Wie gesagt, die Kugel hat mich nur gestreift."

Nell streichelte die Narbe weiter. Ihre Finger waren warm, ihre Berührung zart. Diese so temperamentvolle Frau konnte auch ganz sanft sein.

Sie ließ seine Narbe und legte ihre Handflächen auf seine Brust, strich mit ihren Fingern über seinen flachen Nippel. Er bewegte sich unruhig.

„Alles in Ordnung?", fragte sie.

„Eine sexy Frau berührt mich und treibt mich in den Wahnsinn."

„Ja? Versuch, damit klarzukommen."

Ihre Stimme wurde tief und kehlig, ein warmer Alt,

der Cormac einhüllte. Wenn er sie liebte, würde es gut werden. Es würde unglaublich werden.

Nell zog mit den Fingerspitzen an seinen Brustwarzen. Cormac ballte die Hände zu Fäusten und zwang sich, sie nicht zu berühren. Dem kleinen Lächeln auf ihrem Gesicht nach zu urteilen, genoss sie es, ihn verrückt zu machen.

Sie bewegte die Hände wieder, dieses Mal um an seiner Vorderseite hinabzustreichen. „Guter Muskeltonus."

„Ich bleibe gerne in Form." Es war schwierig für Shifter, *nicht* in Form zu sein, doch Cormac konnte mitspielen.

Nell spreizte die Hände über seinem Bauch, dann kam sie zurück und stupste ihn sanft mit einer Fingerspitze in den Nabel. Cormac zuckte zusammen. „Teufelin."

Sie kitzelte ihn, und er grummelte lachend, dann legte sie die Arme um seinen Rücken und trat dicht an ihn heran. Nell fuhr mit den Händen sein Rückgrat hinauf und zog ihre Finger wieder um seine Taille, der Spur der Narbe folgend.

Cormac hielt still, wollte sie nicht verjagen. Sein Schwanz in seiner Jeans war hart, die Ausbuchtung musste mehr als offensichtlich sein.

Obwohl der Paarungswahn ihn seit dem Moment fest im Griff hatte, als Nell auf der Tanzfläche den Kopf auf seine Schulter gelegt hatte, hielt Cormac sich zurück, bedrängt sie nicht. Nell war wie ein wilder Vogel – in vieler Hinsicht tough, aber in anderer sehr zerbrechlich.

Sie strich mit dem Finger leicht um seinen Nabel,

dann öffnete sie den Knopf seiner Jeans. „Ich meine, ich will *wirklich* sehen, was das Paket alles enthält."

Nells Augen funkelten. Hinter dem Schalk sah Cormac jedoch Angst. Sie wollte spielen, aber sie wollte nicht, dass es brannte.

Das war in Ordnung. Er konnte mitspielen.

„Dann pack es aus", forderte er sie auf. Er gab ihr mit offenem Mund einen Kuss auf die Wange und leckte kurz hinterher.

„Sicher?"

„Wir sind alleine, das Feuer ist warm, und mein Mädchen will mir die Hose aufmachen. Natürlich bin ich sicher."

Ihre Augen flackerten erneut, als er sie „mein Mädchen" nannte, doch sie zog seinen Reißverschluss herunter. In einer einzigen Bewegung öffnete sie die Jeans ganz und schob sie Cormac über die Hüften hinab.

„Hmm", sagte sie, „Boxershorts."

„Enttäuscht?" Die dünne Stoffschicht verbarg nichts, seine Erektion war deutlich sichtbar.

„Ich dachte, du wärst nackt", sagte sie.

„Ich war tanzen, und es ist kalt. Ich wollte mir nichts aufscheuern."

„Vielversprechend." Nell hob den Blick. „Aber ich muss mir ganz sicher sein."

„Frau, du bringst mich noch um."

Cormac machte dem Spiel ein Ende, indem er die Boxershorts zusammen mit der Jeans nach unten zog. Beides hing ihm um die Knöchel, doch bevor er etwas wegtreten konnte, verpasste ihm Nell einen kleinen

Schubs. Er verlor das Gleichgewicht und fiel zurück auf das Sofa.

Nell stand über ihm, ihr Haar war nach vorne gefallen, ihre Brüste wurden durch das enge Kleid nach oben gedrückt. Cormac hielt still, faltete die Hände über dem Bauch. Sie musste bemerken, wie sehr er zitterte.

Nell ließ ihren Blick genüsslich über seinen Körper wandern und hielt an seiner Erektion inne. „Das *könnte* befriedigend sein."

„Du bist dir jedoch nicht sicher."

„Wie meine Großmutter immer gesagt hat: Probieren geht über Studieren."

„Ich habe nicht studiert, Schätzchen", sagte Cormac.

„Das wird sich noch herausstellen."

Nell ließ ihre Finger hinabgleiten über seine Brust, seinen Bauch, über seine Hände, die im Weg waren, und immer noch weiter.

Cormac schloss die Augen, seine eigenen Finger gruben sich in seinen Bauch, als Nell seine Erektion umfasste. Er verkrampfte sich sogar noch mehr, als sie leicht zudrückte und ihn zu streicheln begann.

„Nein", sagte Cormac mit erstickter Stimme.

Sie hielt inne. „Nein?"

„Ich meine, nein, tu das nicht, während du so über mir stehst. Komm her." Er griff hinauf, nahm ihre Arme und zog sie zu sich hinab. Sie verlor genau wie er zuvor das Gleichgewicht und landete auf ihm.

Es schmerzte nicht im Geringsten. Cormac hatte die Arme voller üppiger, kurviger Frau. Seine Hände fanden jede Rundung.

Sie wand sich zuerst, doch das steigerte seinen Spaß nur noch. Er küsste ihre Lippen, und Nell hielt inne, überließ sich ihm ganz.

*Lass mich für immer bei dir bleiben. Nicht mehr alleine. Du und ich, wir sind füreinander geschaffen.*

Cormac hätte die Worte beinahe ausgesprochen, aber es war noch zu früh. Er wollte ihr Zeit geben.

Dafür, dass das Kleid so eng war, war es nachgiebig. Das Oberteil ließ sich ohne große Mühe herunterziehen. Er bekam Nells hübsche, runde Brüste zu sehen, kein BH weit und breit.

„Du bist also nackt untendrunter", sagte Cormac mit dem warmen Gewicht in seinen Händen.

„Nur obenrum. Das Kleid sitzt nicht mit BH."

„Gut für mich." Er strich mit seinen Daumen über ihre Brustwarzen, die sich unter der Berührung aufrichteten. Er wollte seinen Mund auf sie senken und an ihnen saugen, doch das war für später. Er strich seine Hände runter und fand den Bund ihres Höschens.

Nell wehrte sich nicht, als er sie auszog. Der Rock rutschte dabei hoch, und dann erstarrte Nell. Sein Schwanz lag zwischen ihren Beinen. Er unternahm jedoch keinen Anstalten, sich in sie zu stoßen.

Nell schluckte krampfhaft. Der Blick in ihren Augen war beinahe Panik. Cormac beobachtete, wie sie dagegen ankämpfte, dann schob sie eine Hand zwischen sie und legte ihre Finger um ihn.

Cormac konnte ein lustvolles Stöhnen nicht unterdrücken. Nell sah ihn direkt an, ihre Augen forderten ihn heraus, es zu wagen, irgendetwas anderes zu tun, als dazuliegen und sich von ihr befriedigen zu lassen.

Hey, wenn es das war, was sie wollte …

Cormac schlang seine Arme um sie und zog sie zu einem weiteren langen Kuss zu sich herab. Er kostete ihren Mund, leckte über ihre Lippen, hielt sie, während sie ihn streichelte.

Seine Sicht verschwamm. Alles, was er noch wahrnahm, war Nells schönes Gesicht, ihre hübschen braunen Augen, ihre vollen Lippen, von seinen Küssen gerötet. Er zog sie noch enger an sich, wollte in ihrer Weichheit ertrinken. Er küsste ihre Kehle, ihr Schlüsselbein und arbeitete sich dann weiter nach unten.

Er küsste ihre Brüste, eine nach der anderen, verweilte, um sie zu lecken und leicht an ihnen zu knabbern. Nell vergnügte sich weiter mit ihm. Jede Berührung brachte Cormac näher an den Rand des Orgasmus. Er hörte Geräusche aus seiner Kehle kommen, aber konnte nur in Nells Geschmack schwelgen, ihrer Wärme, ihrer Hand auf ihm.

Ein Stöhnen erfüllte den Raum. Cormac stieß sich ihn Nells Hand, nahm die Hitze unter ihrem Rock wahr. Seine Arme waren voller wunderschöner Frau genau wie sein Mund.

„Heilige Scheiße." Die heiser gesprochenen Worte waren seine. Er kam, hielt sie, stieß zu, küsste sie lächelnd. Der panische Ausdruck war aus Nells Augen verschwunden, und sie lächelte zurück, wie eine Frau, die ihre Macht kannte.

Cormac zog sie zu sich herunter, küsste ihre Lippen, knabberte an ihrem Mund, seine Laute der Lust wurden zu einem Knurren. Er drückte ihren üppigen Körper an seinen und wollte sie nie mehr loslassen.

„Ich dachte, du hast gesagt, keinen Sex", murmelte er, als der wilde Ritt sich zu einem entspannten, wunderbaren Glühen beruhigt hatte.

„Hatten wir ja auch nicht."

Nein, Nell hatte ihn sich gegriffen und komplett fertiggemacht, bevor er sie auf den Boden werfen und sich ihr aufdrängen konnte. Nicht, dass er die Absicht gehabt hatte, das zu tun. Er wusste, er musste bei ihr langsam vorgehen, ihre Zärtlichkeit mit der Zeit hervorlocken.

Er drückte ihr einen Kuss auf den Mund. „Aber du hast gar keinen Spaß gehabt, Liebling."

„Doch, hab ich. Das hat Spaß gemacht." Nells breites Lächeln und ihre funkelnden Augen bestätigten das.

„Spiel nicht mit dem Feuer, Süße." Cormac glitt unter ihr raus und von der Couch. Sie blieb sitzen und blickte überrascht zu ihm hoch.

Er zeigte ihr, wie stark er war. Innerhalb weniger Augenblicke hatte er sie flach auf dem Rücken auf dem Sofa, ihr Rock auf dem Bauch zusammengeschoben. Mit den Händen spreizte er ihr die Beine und streichelte sie mit seinen Daumen.

„Was machst du da?", fragte sie und atmete zischend ein.

„Ich dachte, das sei offensichtlich." Cormac grinste sie an und beugte sich herunter, um sie dort zu küssen. „Ich revanchiere mich."

Nell keuchte erneut, als Cormac leicht über sie blies und sie dann leckte. Der süße, erstaunliche Geschmack von Frau drang in seinen Mund. Cormacs

Herz klopfte vor Freude schneller, als er seinen Mund auf sie legte und weitermachte.

Es hielt nicht lange an. Nell kam schnell zum Höhepunkt. Sie drängte sich gegen seine Lippen, während Cormac alles von ihr genoss, das er kriegen konnte. Dann war er zurück auf dem Sofa, in ihren Armen, und sie küssten sich, berührten sich, streichelten, leckten, lachten.

Kein Sex. Überhaupt kein Sex. Aber dennoch intensive und erstaunliche Befriedigung. Cormac war verliebt.

～

Ein Handy klingelte laut in der Dunkelheit. Nell wachte abrupt auf und stellte fest, dass sie auf einem harten, männlichen Körper lag. Sein Schwanz drückte sich schwer gegen ihren nackten Oberschenkel.

Sie erinnerte sich wieder und versuchte, auf die Füße zu kommen. Sie hatte sich in einer Jeans verheddert – Cormacs –, aber dann waren ihre bloßen Füße auf dem Teppich, und ihr Rock fiel ihr wieder über die Beine.

Ihr Handy klingelte in der kleinen Clutch, die Cassidy ihr geliehen hatte. Nell verließ sich normalerweise auf Hosentaschen, dieses fließende Kleid besaß jedoch keine. Bis sie das Handy gefunden hatte, war sie außer Atem.

Shifter durften keine Voicemail benutzen, daher gingen sie entweder ans Telefon oder verpassten den Anruf. Aber fast alle Telefone besaßen eine Rufnummernerkennung, sodass sie sehen konnte, dass der Anruf von Brody kam.

„Was?", schnauzte sie ins Telefon.

„Mom, ganz ehrlich, ich möchte nicht stören, doch ich glaube, es gibt ein Problem."

„Problem? Was für ein Problem?" War in Shiftertown ein Feuer ausgebrochen? War Eric in einem Dominanzkampf ums Leben gekommen? Versuchten wild lebende Shifter, die Macht an sich zu reißen?

„Ich kann Shane nicht finden", sagte Brody.

Nell erinnerte sich an damals, als sie eine verängstigte Mittdreißigerin gewesen war, gerade erst erwachsen in Shifteraugen, mit kleinen Jungen, die öfter verloren gingen. *Mama, ich kann Shane nicht finden*, hatte sie damals häufig gehört. Diese kleinen Bären waren einfach immer wieder in Schwierigkeiten geraten.

Sie atmete tief aus und versuchte, nicht die Geduld zu verlieren. „Wir reden über Shane. Er hat sich vermutlich mit irgendetwas Weiblichem davongemacht. Wo bist du?"

„Noch immer im Coolers. Er ist nicht mit einer Frau zusammen. Das wüsste ich. Ich meine, er ist wirklich weg. Du hast ihn nicht auf irgendeinen Auftrag geschickt, oder?"

„Wann hätte ich die Zeit dazu haben sollen?"

„Ich weiß es nicht. Ich frage nur für den Fall. Ich mache mir Sorgen."

Er klang danach, dabei machte sich Brody nicht oft Sorgen. Nell fühlte Cormac hinter sich. Seine Körperwärme an ihrem Rücken. Er hatte seine Jeans angezogen, aber nicht sein Shirt.

„Wann hast du ihn zuletzt gesehen?", fragte sie Brody.

„Als er an dem Tisch saß, den wir am Anfang hatten. Du und Cormac habt getanzt, als Shane und ich mit den Getränken zurückgekommen sind. Dann seid ihr gegangen, und Jace und ein menschliches Mädchen haben sich zu uns gesetzt. Das Menschenmädchen war viel mehr an Jace interessiert als an uns. Shane wollte probieren, ob er jemanden für sich selbst finden könnte. Jace und das Mädchen beschlossen zu tanzen. Ich habe lange dagesessen. Shane ist nicht zurückgekommen, daher habe ich nach ihm gesucht. Er war einfach weg."

„Wieso glaubst du nicht, dass er eine Frau gefunden hat? Oder einen Freund, mit dem er reden wollte? Oder aufgegeben hat und nach Hause gefahren ist?"

„Weil er es mir gesagt hätte. Außerdem hätte er eine Mitfahrgelegenheit finden müssen, da du und Cormac den Pick-up genommen habt. Ich habe ihn mit niemandem verschwinden sehen, und auch niemand, den ich sonst gefragt habe, hat bemerkt, dass er gegangen ist."

Nells Besorgnis nahm zu, doch sie bemühte sich, ruhig zu bleiben. „Er könnte einen Bus genommen haben. Oder ein Taxi."

„Ich hätte das am Geruch gemerkt, wenn er zur Bushaltestelle gelaufen oder selbst wenn er in ein Taxi gestiegen wäre. Da ist nichts. Ich kann seinen Geruch überhaupt nicht finden, aber es gibt so viele hier, das ist echt verwirrend. Er ist in keinem der Hinterzimmer und in keinem der Autos auf dem Parkplatz. Ich habe das überprüft. Er hat sich in Luft aufgelöst, dabei ist Shane ziemlich groß. Das geht nicht so einfach."

Nells Handflächen wurden feucht, dort wo sie das Telefon festhielt. Sie wusste, Cormac hatte jedes Wort mitbekommen, da das Gehör von Shiftern extrem gut war – nicht dass Brody sich Mühe gab, leise zu sein.

„Mach dir noch keine Sorgen", beruhigte Nell ihn. „Es gibt keinen Grund zu der Annahme, dass etwas passiert ist."

Noch während sie das sagte, zog sich ihr Herz vor Angst zusammen. Menschlichen Jägern war es erlaubt, ungezähmte Shifter gegen Kopfgeld zu jagen, und manchmal machten sie sich nicht die Mühe, nachzusehen, ob der Shifter ein Halsband trug oder nicht.

Andererseits gingen die meisten Jäger hinaus in die Wildnis, wo Parias am wahrscheinlichsten zu finden waren. Jäger hingen nicht auf Parkplätzen von Tanzclubs mitten in der Stadt herum.

„Wer ist noch da?", fragte Nell.

„Im Moment Jace. Anscheinend auch Graham und das Mädchen, das er mag, und ein paar seiner Lupide. Ich sehe niemanden von Rang außer Graham und Jace."

„Also gut, alarmiere noch niemanden. Wir wollen keine Panik verursachen und dann später herausfinden, dass Shane in einem Besenschrank mit seiner jüngsten Eroberung herummacht."

„Ich weiß. Aber ich dachte, ich sollte es dir erzählen, auch wenn mir klar ist, dass du ... beschäftigt bist."

„Ich winde mich nicht in nackter Ekstase, Brody."

„Göttin, Mom, *bitte* rede nicht über nackte Ekstase.

Ich rege mich schon genug über Shane auf – auch ohne dieses Bild in meinem Kopf."

„Dein Pech. Ich habe ein Leben. Aber meine Jungen stehen immer an erster Stelle. Ich bin schon auf dem Weg."

„Nein, nein", wollte Brody sie zurückhalten. „Das musst du nicht. Ich werde ihn finden. Unterbrich dein Date nicht. Ich dachte nur, ich lasse es dich wissen."

„Warum denkst du, dass ich auf einem Date bin? Es wäre ja schließlich möglich, dass ich Cormac am Straßenrand zurückgelassen hab und alleine zu Hause in einem Schaumbad liege."

„Ich weiß, dass du das nicht getan hast, weil ich bemerkt habe, wie du ihn angesehen hast, als ihr getanzt habt." Er sprach etwas lauter. „Gute Arbeit, Cormac."

Cormac lehnte sich über Nells Schulter. „Danke. Ich komme mit ihr. Ich denke, dass du recht hast. Wir müssen Shane finden." Er schaute Nell an. Seine blauen Augen waren ganz nah. „Selbst wenn er nur in einem Besenschrank rummacht."

„Nein, wirklich …", setzte Brody an.

„Wir kommen", beschied ihm Nell energisch und legte auf. Sie blickte zu Cormac hoch, der sich nicht einen Zentimeter bewegt hatte. „Tut mir leid."

„Du hast recht. Junge gehen vor."

„Shane ist hundert Jahre alt und größer als ich. Wann bin ich so weit zu glauben, dass er sich um sich selbst kümmern kann?"

Cormac legte ihr einen Arm um die Taille. „Nicht, bevor er sich um dich kümmert." Er küsste ihre Wange. „Komm. Ich fahr dich hin."

## KAPITEL SECHS

Es hatte ein wenig geschneit, während sie in der Hütte gewesen waren, und der Asphalt war weiß überpudert. Cormac ging es langsam an. Die Straße mit ihren scharfen Kurven ohne Leitplanken war zeitweise so beängstigend schmal, dass einem fast das Herz stehen blieb.

Sie schafften es zurück zur Hauptstraße. Der Schnee verschwand, während sie sich auf Wüstenniveau hinabschlängelten. Die Luft war noch immer kalt, als sie auf die 95 fuhren, jedoch nicht mehr wirklich eisig.

Der Parkplatz neben dem Coolers war immer noch voll. Die Bar schloss um zwei, und es war schon halb, aber Shifter blieben immer bis zur letzten Minute und nahmen dann die Party mit zurück nach Shiftertown.

Brody kam aus der Vordertür, als Cormac davor anhielt. Der Türsteher – heute ein großer Lupid, der für Graham arbeitete – beobachtete, wie Brody Nell halb aus dem Pick-up zog, halb ihr half.

„Ich kann ihn ernsthaft nicht finden, Mom. Und ja, ich habe in den Besenschränken nachgesehen."

„Ich habe nicht bemerkt, dass er gegangen ist", berichtete der Türsteher. „Ma'am."

„Lasst uns nicht in Panik verfallen", sagte Nell und rückte ihr Schultertuch zurecht. „Wir reden über Shane. Er ist nicht dumm."

Sie trat an dem Türsteher vorbei, während Cormac wegfuhr, um den Wagen zu parken. Der Club war noch immer gut besucht – es gab viele Tänzer, laute Musik und Shifter an der Bar.

Nach der sicheren, gemütlichen Hütte alleine mit Cormac überflutete die Anwesenheit all dieser Leute Nells Sinnesorgane. Zu viel zu sehen, zu riechen, zu hören. Sie wollte eine schöne stille Höhle finden und sich darin zusammenrollen, um darüber nachzudenken, was vorhin mit Cormac passiert war.

Sie bewegte sich weiter, ließ den Blick suchend über die Menge schweifen, in der Hoffnung ihren ältesten Sohn mit einer Frau auf der Tanzfläche zu finden. Ihr war allerdings klar, dass Brody gründlich gesucht hatte, sonst hätte er nicht angerufen.

Nell roch Wolf, bevor sie ihn erblickte – Graham, den Anführer der großen Gruppe Lupide, die im November in ihre Shiftertown umgesiedelt waren.

„Hab ihn nicht gesehen", erklärte Graham, bevor Nell fragen konnte. „Wir haben alle gesucht. Brody ist ziemlich sicher, dass er nicht mit einer Frau fort ist."

„Was, wenn er mit einem Mann gegangen ist?", fragte die junge Frau, die an Grahams Seite getreten war. Sie hatte ihr braunes Haar zu einem französischen Zopf geflochten und trug ein ähnliches Kleid wie Nell, nur dass ihres knallrot war. Graham legte ihr einen Arm um die Taille, und die Lupide, die mit Graham nähergekommen waren, vergrößerten subtil den Abstand zwischen sich und der jungen Frau.

Graham antwortete. „Wenn du meinst, dass Shane beschlossen hat, dass er schwul ist, dann bezweifle ich das."

„Ich meine, vielleicht ist er gar nicht weg, um irgendwo eine Nummer zu schieben", sagte das Mädchen – Misty. „Leute können auch miteinander reden, ohne dass sie Sex haben."

Graham lachte. „Leute, ja. Shifter nicht immer. Der Paarungswahn kann ziemlich zuschlagen."

Misty zuckte mit den Schultern. „Dennoch solltet ihr versuchen, herauszufinden, mit wem er gesprochen hat, bevor er verschwunden ist. Vielleicht ist er zu einer anderen Bar gefahren, um mit jemandem Billard zu spielen."

Brody seufzte schwer. „Daran habe ich auch schon gedacht. Aber ich habe rumgefragt, und niemand hat etwas bemerkt. *Ich* habe nichts bemerkt."

Nell spürte eine prickelnde Wärme in ihrem Rücken. Sie blickte über die Schulter und erwartete, Cormac hinter sich stehen zu sehen.

Nein, er war nur zur Vordertür hereingekommen. Heilige Muttergöttin. Sie fühlte seine Anwesenheit durch einen ganzen belebten Raum, über schallende Musik und über die Gerüche der Shifter, die auf der Tanzfläche geschwitzt hatten, hinweg. Nell war sich jeden Schrittes bewusst, den Cormac von der Tür her zu ihr machte. Das Prickeln wurde stärker, je näher er kam.

Das war ein schlechtes Zeichen. Ein sehr schlechtes Zeichen.

Cormac blieb einen Zentimeter hinter Nell und leicht rechts von ihr stehen. Seine Wärme umgab sie. Seine Position erlaubte es ihm, sich schnell vor sie zu stellen, um einen Angriff von Graham abzuwehren oder herumzuwirbeln, um ihren Rücken zu verteidigen, wenn es notwendig sein sollte. Beschützend und effizient.

Die Bedeutung seiner Position entging Graham nicht, der die Brauen hob und zunächst Cormac und dann Nell einschätzend betrachtete.

„Sag ihnen, sie sollen den Club heute etwas früher schließen", schlug Cormac vor. „Es ist einfacher, nach Shane zu suchen, wenn es hier leer wird."

„Du willst Shifter und Groupies vorzeitig nach Hause schicken?", fragte Graham, seine Stimme tief und rau. „Ist dir dein Leben nichts wert?"

„Wenn sie denken, Shane könnte in Schwierigkeiten sein, werden sie helfen", erklärte Cormac. „Bitte sie, bei der Suche mitzumachen."

Nell schob ihr Schultertuch zurecht. Es war ihr zu warm in Cormacs Nähe. „Das wird Shane so peinlich sein."

„Lieber peinlich als tot", meinte Cormac. „Hat jemand Eric angerufen?"

Brody schüttelte den Kopf. „Ich wollte ihn nicht belästigen, falls sich herausstellen sollte, dass es gar nichts ist."

Graham sah sie böse an, aber er knurrte nicht, dass er genauso gut wie Eric war, dass sie den Felid nicht brauchten. Die Tatsache, dass Graham *nicht* fauchte und sich beschwerte, machte Nell Sorgen. Wenn es darauf ankam, riss sich Graham zusammen und erledigte seinen Teil der Aufgaben. Was bedeutete, dass Graham sich ebenfalls wegen Shane Sorgen machte.

„Ich regle das hier." Jace, Erics erwachsener Sohn, schob sich an ihnen vorbei und schlängelte sich zur Musikanlage durch. Einen Moment später stand er auf einer kleinen Bühne mit einem Mikrofon in der Hand. Die Musik erstarb, das Licht ging an, und Shifter und Menschen blinzelten aus den Schatten.

„Hey", begrüßte Jace alle.

Die Shifter begannen zu knurren und zu murren, doch Jace starrte unbeeindruckt zurück. Seine Haltung war genauso lässig wie die seines Vaters. Seine Präsenz füllte den Raum. Nell fühlte es, als die Shifter still wurden – das Bedürfnis, diesen Mann, so jung er auch war, zu bemerken und herauszufinden, was er von ihnen wollte.

„Ich suche nach Shane."

Jaces Tonfall sagte sowohl „Wir sind hier alle Freunde" als auch „Haltet die Klappe und hört zu". „Ich möchte, dass jeder die Person neben sich ansieht und sicherstellt, dass es nicht Shane ist. Und dann – langsam – geht. Und wenn ihr ihm auf dem Weg nach draußen begegnet, dann richtet ihm aus, dass seine Mutter nach ihm sucht."

Leises Gelächter erklang von der Menge, doch sie gehorchten ihm.

Dank Jace begaben sie sich ohne große Eile oder Geknurre zum Ausgang. Nell konnte Shane nirgendwo entdecken.

Als der Club leer war und die Menschen, die dort

arbeiteten, begannen, für die Nacht zu schließen, kehrte Jace zu Nell zurück. „Wir können den Ort jetzt nach Gerüchen absuchen."

Er teilte sie in mehrere Gruppen auf – Graham und Misty sollten den vorderen Bereich überprüfen, der Lupid-Türsteher und Jace den Parkplatz und das Areal dahinter. Brody würde die Räume im Club übernehmen. Und Cormac und Nell würden sich draußen an der Hintertür umsehen.

„Eines Tages wird er seinen Vater um die Stellung des Anführers herausfordern", sagte Graham, als Jace sich der Suche anschloss. Sein kühles Lächeln enthüllte seine Zähne. „Und ich werde dabei sein und zusehen."

„Ich sorg dafür, dass du einen Sitzplatz ganz vorne bekommst", versprach Nell. „Aber können wir jetzt erst mal meinen Sohn suchen? Ich hoffe, wir lassen ihn richtig peinlich auffliegen. Das kann er die nächsten zwanzig Jahre dann wiedergutmachen."

Cormac sagte nichts, als er sie wegführte, damit sie suchen konnten. Nell fand sein Schweigen tröstlich. Es gab keine herablassenden Versicherungen – kein „wir finden ihn schon, mach dir keine Sorgen". Cormac wusste, sie hätten den Club nicht geleert, um ihn nach einer Duftspur abzusuchen, wenn alles in Ordnung wäre.

Der Flur, der zur Hintertür hinter der Küche führte, war voller miteinander konkurrierender Gerüche. Die menschlichen Angestellten und viele Shifter waren hier vorbeigekommen. Einer der Menschen hatte eine große Menge Müll herausgeschleppt.

Cormac öffnete die schwere Hintertür und ging

voraus nach draußen. Die kalte Luft schlug Nell entgegen. Nach dem überhitzten Club schien sie sogar noch kälter als auf dem verschneiten Berg.

Auch hier waren viele Leute entlanggekommen – inklusive des Menschen mit dem Müll. Die Geruchsspur nach Toilette und Barabfällen führte deutlich auf die Container zu, so deutlich, dass Nell sich von diesem offensichtlichen Pfad abwandte und sich auf die weniger intensiven Gerüche konzentrierte.

Cormac kniete sich hin und untersuchte etwas auf dem gebrochenen Asphalt. Das schwache Licht über der Hintertür half nicht gerade.

„Was ist es?", fragte Nell.

„Ich bin mir nicht sicher." Cormac stand auf und überblickte den jetzt größtenteils leeren Parkplatz. „Ich werde zum Bär, dann kann ich besser riechen."

„Okay."

„Willst du mitmachen?"

„Nein", antwortete Nell. Ihr Bär war nicht so vernünftig, wie Nell in ihrer menschlichen Form, zumindest nicht, wenn es um Männchen ging. Vielleicht fand sie Cormac unwiderstehlich und machte etwas Dummes, wie zuzustimmen, sich für den Rest ihres Lebens an ihn zu schmiegen. „In dieser Form kann ich besser denken."

„Wie du magst. Ich wette, ich würde deinen Bär lieben."

„Jetzt sag aber nicht, ich wäre bestimmt sexy."

Cormacs Grinsen verbreitete sich. „Dann werde ich es für mich behalten."

Während er sprach, stieg er aus seinen Stiefeln, streifte sich den Ledermantel und das Shirt darunter ab. Er verzog nicht das Gesicht wegen der Januarluft, sondern öffnete seine Hose und zog sie herunter, seine Unterwäsche folgte.

Er war atemberaubend. Nell gab gar nicht erst vor, nicht hinzusehen, als Cormac sich unter dem gelblichen Schein der Hintertürleuchte zu seiner vollen Größe aufrichtete. Die Schatten huschten über seinen riesigen, nackten Körper, und das Licht glänzte auf seinen unrasierten Bartstoppeln und seinem dunklen Haar. Er war ein wunderschöner Mann – voller Stärke.

Cormac streckte die Arme über den Kopf und überließ sich seinem Bären.

∽

Cormac fragte sich häufig, wie Menschen es ertragen konnten, die Welt aus nur einer Perspektive wahrzunehmen. Vielleicht hatten sie deshalb so kurze Lebensspannen, und vielleicht verbrachten deshalb so viele von ihnen dieses kurze Leben in Trübsal. Es würde den Menschen nicht schaden, die Dinge eine Zeit lang aus dem Blickwinkel eines Tieres zu betrachten.

Die Kraft des Bären floss durch ihn und gab Cormac Zuversicht in seine Stärke. Er war sich Nells, die in ihrem sexy Kleid unter dem schwachen Licht in seiner Nähe stand, sehr bewusst. Ihrer Wärme und des Duftes einer Frau, die diese Nacht Befriedigung gefunden hatte.

Das Licht umgab sie, als ob die Muttergöttin sie berührte. Sein Bär fühlte die erotische Verbindung zu ihr nicht so, wie er sie in seiner menschlichen Form gefühlt hatte, doch Cormac sah bis in ihr tiefstes Inneres – eine starke Frau, die viel durchgemacht hatte, sich jedoch nicht erlaubt hatte, daran zu zerbrechen.

Er wollte den Rest seines Lebens mit ihr verbringen.

Wenn Shane wirklich etwas passiert war, würde Nell den Rest dieses Lebens in Trauer verbringen. Das würde Cormac nicht zulassen.

Er stupste Nell mit dem Kopf an, und sie streichelte seinen Rücken. Sie versteckte nicht den Ausdruck in ihren Augen, so wie sie es getan hatte, als sie beide in menschlicher Form gewesen waren. Sie hatte Angst, und sie war verletzlich, aber sie war auch entschlossen.

Cormac senkte den Kopf, um zu erschnüffeln, was ihn so verwirrt hatte. Zu Nells Füßen war vor langer Zeit ein Stück Asphalt aufgebrochen und nie repariert worden. In dem trockenen Schotter konnte er einen Tropfen von etwas riechen, das er nicht einordnen konnte.

Seine Bärennasenlöcher weiteten sich, während er schnüffelte, und der Schotter gelangte in seine Nase. Er musste niesen. In diesem Moment verstand er den Geruch.

Betäubungsmittel.

Ein winziger Tropfen, wie er von einer Spritze gefallen sein konnte. Ein Schuss aus einem Betäubungsgewehr hätte gehört werden können, selbst über dem Lärm aus dem Club. Aber jemand, der sich einem ahnungslosen Shane näherte und eine Nadel in ihn steckte, würde kein Geräusch verursachen. Der Täter könnte es im Flur getan haben oder direkt hier vor der Hintertür.

Und dann – was? Cormac hob den Kopf und suchte mit Blicken den Parkplatz ab. Wenn dieser Mensch oder Shifter Shane betäubt hatte, würde er oder sie Shanes Körper zu einem Fahrzeug geschleppt haben, um ihn wegzubringen. Jemand hätte ihn dabei bemerkt.

Hätte ihn wirklich jemand bemerkt? Wenn die Betäubung nur gerade stark genug gewesen wäre, um Shane größtenteils außer Gefecht zu setzen, dann würde er taumeln, als sei er betrunken, was vor einer Bar nichts Ungewöhnliches war, selbst wenn es nicht leicht war, Shifter betrunken zu machen. Beobachter auf dem Parkplatz würden annehmen, dass ein Mensch oder Shifter einen sternhagelbesoffenen Shane nach Hause brachte.

Doch niemand hatte berichtet, sie gesehen zu haben. Die Zeugen könnten allerdings bereits nach Hause gegangen sein, bevor Brody besorgt geworden war, und hätten daher nicht gewusst, dass sie etwas zu berichten hatten.

Cormac senkte den Kopf und schnüffelte erneut herum. Es gab hier viele Fußspuren und viele Gerüche, aber jetzt, da er in seiner Bärenform war, konnte er sie auseinandersortieren.

Nell wartete neben ihm, während er arbeitete. Ihre Wärme gab ihm einen Anker, und seine tief vergrabenen menschlichen Sinne stellten fest, dass der Anblick ihrer Beine auch nicht schlecht war.

Nicht weit weg von der Hintertür löste sich Shanes

Geruch plötzlich von den anderen, eine Lage, die ein wenig wie Nell roch und sogar noch mehr wie sein Bruder Brody. Der Geruch hielt die feurige Spur Shifterbär und ein bisschen von dem, was Shane selbst ausmachte.

Jetzt galt es, herauszufinden, wohin der Geruch führte.

Er fühlte, wie Nell neben ihm aufmerkte. „Hast du ihn?", fragte sie.

Cormac grunzte. Er folgte sehr vorsichtig Shanes Duftspur aus der Geruchsmischung in einer Linie, die sich von der Hintertür zum Müllcontainer bewegte.

Cormac folgte Schritt für Schritt. Die Spur des Mülls war widerlich dominant und lenkte ihn ab. Cormac schloss die Augen und zwang sich, sich nur auf Shane zu konzentrieren.

Wenn ihn jemand in den Müllcontainer gelegt hatte … Nein, die Spur führte dahinter weiter.

Hinter den Müllcontainern war ein Fahrzeug geparkt gewesen. Cormac roch Abgase und Öl, einen Tropfen Frostschutzmittel. Das Auto oder der Pick-up war hier geparkt gewesen, entfernt von der Masse des Parkplatzes, an einem Ort mit einfachem Zugang zur Gasse, die hinter dem Club verlief. Cormac wusste nicht, ob der Fahrer gewusst hatte, dass es schwieriger war, dem Duft zu folgen, wenn er den Wagen hinter den Müllcontainern parkte.

Cormac atmete an einem Fleck auf dem Pflaster ein, wo er sich ausrechnete, dass die Fahrertür gewesen könnte, dann bewegte er sich von dort in einem größer werdenden Kreis mit der Nase am Boden. Nell ging neben ihm, darauf bedacht, ihre High

Heels von den Pfützen um die Müllcontainer herum fernzuhalten.

Er nahm den Duft von jemand anderem auf und erstarrte. Moment mal …

Cormac hob den Kopf. Er kannte den Geruch. Oder? Nein, er konnte ihn nicht zuordnen.

Cormac streckte seinen Körper und zwang sich, sich zu seiner menschlichen Form zu erheben. Muskeln und Sehnen spannten sich, seine Gelenke knackten.

„Was?", wollte Nell wissen.

„Shane ist betäubt und hierher gebracht worden zu einem Auto oder einem kleinen Pick-up. Von einem Menschen." Cormac atmete erneut ein. „Ich schwöre, ich habe den Menschen schon zuvor gerochen."

„Wo?"

Cormac wusste, was sie meinte. Er führte sie dahin, wo das Fahrzeug gewesen war, und hielt die Hand auf ihrem Arm, während sie einatmete. Nell testete die kalten Gerüche eine Weile, bevor sie den Kopf schüttelte.

„Das ist niemand, den ich kenne."

„Aber der Geruch kommt mir bekannt vor."

„In diesen Club kommen viele Menschen. Vielleicht haben wir ihn beim Tanzen gestreift."

Cormac dachte darüber nach und versuchte, sein Geruchsgedächtnis dieses Abends zurückzuspulen. Das Problem war, er hatte alle seine Sinne auf Nell gerichtet, besonders auf der Tanzfläche – ihre Wärme, ihr Geruch, das Gefühl ihres Körpers an seinem.

Cormac roch sie noch immer an sich. Er trat einen

Schritt näher, direkt an ihren Rücken, und legte die Arme um sie.

„Ich kann mich nicht erinnern", sagte Nell. Er hörte die Tränen in ihrer Stimme.

„Die Erinnerung wird zurückkommen."

Cormac schloss die Augen und kämpfte nicht gegen sein Verlangen an, mit ihr zu verschmelzen. Gegen die Sinne anzukämpfen, vernebelte sie nur.

Sie standen zusammen, verbunden zu einer Einheit. Trost und Verlangen schweißten sie zusammen. Nells Geruch erfüllte ihn erneut, überdeckte den Gestank des Mülls und alles andere als Shane und den ... *Ah*.

Cormac öffnete die Augen. „Er war hier. Mit uns im Club. Der Typ am Nachbartisch."

Nells Augen öffneten sich ebenfalls. Sie sah hoch und ihn an. „Ich erinnere mich. Er saß alleine, und Shane ist mit ihm zusammengestoßen. Er hat fast sein Bier verschüttet. Bitte sag mir, dass er nicht auf Rache aus ist, weil ein Shifter fast sein Bier verschüttet hat."

„Das glaube ich nicht. Das war gut geplant. Der Typ hatte nicht zufällig eine Spritze mit Betäubungsmittel in der Tasche."

„Aber warum Shane?" Nells Stimme hörte sich nahezu panisch an. „Oder ist er ein Jäger, der jeden Shifter nehmen würde?"

„Shifter mit Halsband zu jagen ist hochgradig illegal. Selbst die menschlichen Polizisten würden da nicht wegsehen. Das ist zu heikel."

„Dann wollte er speziell Shane."

„Das vermute ich."

„Warum?"

Cormac schloss die Arme enger um sie. „Wir werden ihn finden, und dann fragen wir ihn."

„Erinnerst du dich daran, wie er aussah?", fragte Nell besorgt.

„Ja. An jedes Detail."

Nell blickte ihn überrascht an. „An jedes Detail? Ich habe den Kerl kaum bemerkt."

„Das ist etwas, das ich mir angewöhnt habe, während ich aufgewachsen bin. Ich bemerke immer alles um mich herum, jeden Geruch, jedes Aussehen, jedes Gefühl – auch jeden Geschmack, wenn das notwendig ist. Ich habe gelernt, wie ein Tier zu leben, lange bevor ich verstanden habe, was es bedeutet, ein Mensch zu sein. Ich war fast zwanzig, als ich den Rest meines Clans gefunden habe."

Das Leben war ... interessant gewesen. Die richtigen Bären hatten einen weiten Bogen um ihn gemacht, weil er falsch gerochen hatte.

Cormac war alleine herumgewandert, ein Junges, das nach jemandem rief, irgendjemandem, der ihm helfen könnte, und irgendwann endlich verstand, dass niemand kommen würde. Er hatte sich die Kunst des Überlebens selbst beigebracht, sein eigenes Essen gejagt und getötet, roh gegessen.

„Das tut mir leid", sagte Nell.

„Was ich gelernt habe, ist sehr nützlich", erklärte Cormac ohne jegliches Selbstmitleid. Er gab sie aus seiner Umarmung frei, nahm jedoch ihre Hand. „Lass es uns dazu nutzen, dein Junges zu finden."

## KAPITEL SIEBEN

Die menschlichen Angestellten, die noch im Club waren, machten große Augen, als Cormac nackt hereinkam, doch die Shifter bemerkten es kaum.

Nell bemerkte es durchaus, sie war sich Cormacs allerdings auch generell sehr bewusst. Sein Geruch war auf ihr und ihrer auf ihm. Duftmarkiert – der erste Schritt, wenn man zu Gefährten wurde.

Cormac wurde wieder Bär, um drinnen herumzuschnuppern, unterstützt von Jace in seiner feliden Form. Jace und Cormac witterten um die Tische herum, während Graham zusah. Seine menschliche Freundin, beobachtete das Ganze mit den Fingern an den Lippen.

Am Tisch fanden sie nichts. Der Typ hatte bis auf seinen Geruch keine Spuren hinterlassen.

Nell erinnerte sich vage daran, dass der Mann eine Bierflasche gehalten hatte, während sie am Nachbartisch gesessen und versucht hatte, Cormac nicht ihr

Herz auszuschütten. Der Barkeeper bestätigte, dass der Tisch schon lange geräumt war. Alle Bierflaschen, die noch übrig geblieben waren, befanden sich jetzt in dem riesigen Haufen in der Recyclingtonne.

„Wir könnten auf Stuhl und Tisch nach seinen Fingerabdrücken suchen", schlug Brody vor. „Und überprüfen, ob er vorbestraft ist."

Cormac wandelte sich in seine menschliche Form, während Brody sprach. „Dann müssten wir die Polizei hinzuziehen." Er sah Nell an. „Möchtest du das?" Cormac wusste aus Erfahrung, dass es die Dinge oft eher erschwerte, wenn man das Interesse der Polizei für Shifterprobleme weckte.

„Das müssen wir nicht", sagte Nell. „Wir haben eine Geheimwaffe."

Cormac hob die Brauen. Er war sich nicht sicher, was sie meinte, aber Brody entspannte sich. „Diego und Xavier", erklärte er. „Ich werde sie anrufen."

～

„Vorsicht", sagte Joe. „Du bist noch angeschlagen."

Die Lider des Shiftermanns flatterten, als er versuchte, sie zu öffnen, dann gab Shane auf und ließ sich auf den Stuhl zurückfallen – den stabilsten Stuhl, den Joe besaß.

Joe war zu seiner Hütte gefahren, ganz wie es seinem Plan entsprach, um den Bär dort zu töten und zu enthaupten, als sein Handy klingelte. Der Mann am anderen Ende war Miguel gewesen, der Shifter, der ihn angeheuert hatte.

„Wie läuft's?", fragte Miguel.

„Ich hab einen", antwortete Joe. „Morgen früh wirst du den Beweis haben. Zwanzig Riesen, okay?"

Die Stimme nahm ein Shifterfauchen an. „Ich will sie alle."

„Das kann ich nicht versprechen. Zu problematisch. Ich finde, selbst hundert Riesen ist nicht genug für alle vier. Ich kann dir diesen hier geben, und dann suchst du dir jemand anderen, der sich um den Rest kümmert."

„Ich will sie alle, besonders die Shifterschlampe und ihren Gefährten. Ich gebe dir Hunderttausend, nur für die beiden."

„Nein, danke. Wenn ich einen Polizisten fange und töte, selbst einen Ex-Polizisten, selbst einen, der sich mit einer Shifterin eingelassen hat, dann werde ich nicht lange genug leben, um Spaß an meinem Geld zu haben."

Es gab einen Moment intensiver, wütender Stille. „Ich habe dich angeheuert, weil du gut bist. Oder zumindest hast du das behauptet."

„Ich bin gut. Ich bin nur nicht dumm. Du kriegst einen von Vier. Ich habe ihn direkt hier." Shane war bewusstlos gewesen, gegen die Tür des Pick-ups gesunken, Hände und Füße in Ketten. Die zweite Betäubung, die Joe ihm verpasst hatte, nachdem er ihn in den Wagen verfrachtet hatte, hatte ihn kaltgestellt.

„Heb ihn für mich auf", sagte Miguel. „Ich möchte ihn selbst töten. Und dann werde ich mich um die anderen drei kümmern, und du wirst mir helfen."

Auf keinen Fall. Aber Joe wollte nicht mit ihm

streiten. Leute, die Kopfgeldjäger oder Killer anheuerten, waren manchmal psychisch nicht gerade stabil.

„Jetzt willst du, dass ich ihn am Leben lasse?", fragte Joe. „Für wie lange? Ich habe nur einen begrenzten Vorrat an Betäubungsmitteln."

„So lange es dauert. Ich rufe dich an, wenn ich in der Stadt bin."

Joe hatte verärgert aufgelegt. Er hatte sich wirklich auf eine Nacht erholsamen Schlaf gefreut.

Er war weitergefahren zu der Hütte, die er für die Tötung bereits vorbereitet hatte. Es war am einfachsten, Shane dort unterzubringen, und es war weit genug außerhalb der Stadt, dass Joe ihn einfach erschießen konnte, ohne dass es irgendwelche Nachbarn hörten, wenn der Shifter ihm zu viel Ärger machte. Miguel würde sich damit abfinden müssen. Das Geld, das Miguel bot, war nicht genug, dass Joe dafür besondere Risiken eingehen würde.

Shanes Augenlider flatterten wieder. Joe schob eine Sporttrinkflasche zwischen Shanes Lippen und kippte sie. Shane hustete, aber Joe gab nicht nach.

„Wir können dich nicht dehydrieren lassen. Er will dich lebend."

Shane schluckte das Wasser und leckte sich ein paar Tropfen von seinen Lippen. „Wer zur Hölle bist du?" Seine Stimme war noch immer rau vor Trockenheit. „Moment mal, ich habe dich im Club gesehen, oder?"

„Mein Name ist Josiah. Meine Freunde nennen mich Joe. Ich habe gerade ein kleines Problem. Ich glaube, das wird nicht gut ausgehen, ganz gleich, ob ich dich dem Verrückten aushändige, der dich haben will, oder mit dir über eine Freilassung verhandele. Daher tu mir den Gefallen und sei einfach still, während ich hier sitze und nachdenke, was ich machen soll."

„Hm", sagte Shane und ließ die Augen wieder zufallen. „Wenn du denkst, deine einzigen Probleme seien ich und der Verrückte, dann kennst du meine Mutter noch nicht."

Joe lachte nicht. „Das meinst du nur, weil du *meine* Mutter noch nicht kennengelernt hast. Deine Mom ist die Shifterin, die heute Abend am Tisch bei dir saß?"

Shane schlug die Augen erneut auf. Dieses Mal blickten sie klarer. „Ja, das war sie."

„Gut aussehende Frau. Ich hoffe, das mit ihr und dem anderen Bärenshifter funktioniert. Es ist schwer für Witwen, jemand Neues zu finden."

„Oh, wie lieb du bist." Shanes Hände bewegten sich unter die Ketten, die sich um seinen Körper wanden, und ein Funke sprang von dem Halsband um seinen Nacken. „Wie wäre es, wenn wir uns darüber auf etwas fairere Art unterhalten?"

Joe hob sein Betäubungsgewehr, lud durch und entsicherte es. Ein weiteres Gewehr lag daneben, das mit .30-06 Munition geladen war. „Wenn du hier ruhig sitzen bleibst, lasse ich dich bei Bewusstsein", sagte Joe. „Wenn du dich zu viel bewegst, betäube ich dich oder erschieße dich mit den richtigen Kugeln. Egal was, ich wäre nicht in der Lage, dich in den Entscheidungsfindungsprozess mit einzubeziehen." Er lächelte Shane an, der nicht zurücklächelte. „Daher halt die Klappe und lass mich nachdenken."

∽

Diego Escobar, der Gefährte von Erics Schwester, und sein Bruder Xavier leiteten eine Sicherheitsfirma, die DX Security hieß. Auf Brodys Hilferuf hin erschienen sie gemeinsam mit Reid, dem Typen, der sich als Dunkelelf bezeichnete. Anscheinend arbeitete Reid bei der Sicherheitsfirma mit den beiden Menschen. Merkwürdig.

Cormac mochte Diego, der die Szene still überblickte und Brody, Nell und Cormac zuhörte, die ihm erzählten, was sie herausgefunden hatten. Xavier sagte, Fingerabdrücke seien eine langwierige Angelegenheit, und wenn sie überhaupt klare Abdrücke bekämen, dann wären da viele, und die Kellnerin hatte den Tisch sicherlich abgewischt, als sie abgeräumt hatte. Trotzdem begann Xavier, den Stuhl, in dem der Typ gesessen hatte, zu überprüfen.

Diego öffnete an einem anderen Tisch einen Laptop und ließ Cormac den Mann beschreiben. Brody und Nell steuerten das bei, woran sie sich erinnerten, aber Cormac gab ihm die detaillierteste Beschreibung.

„Ich bin beeindruckt", erklärte Diego. „Wie lange hast du schon ein fotografisches Gedächtnis?"

„Das ist kein fotografisches Gedächtnis", berichtigte Cormac. „Ich bemerke nur die Dinge um mich herum."

Er erinnerte sich an jede Berührung, jeden Kuss, jeden Atemzug von sich und Nell in der Hütte. Die Zeit mit ihr hatte sein Herz erleichtert und einem neuen Funken Wärme erlaubt, Fuß zu fassen. Cormac setzte seine Hoffnung auf diesen Funken. Ein Gefährtenbund war etwas Kostbares – nicht jeder fand ihn.

Diego besaß eine Software, die schnell ein Bild erzeugte. Danach verbesserten er und Cormac es weiter. Ein zweiter Laptop mit mehr Software ließ Xavier die Fingerabdrücke scannen, die es ihm gelungen war, abzunehmen, um nach Treffern zu suchen. Er fand nichts, sagte jedoch, dass ihn das nicht überraschte. Wenn der Mann sorgfältig gewesen war, hatte er so wenig wie möglich angefasst und alles abgewischt, bevor er ging.

Diegos Gesichtserkennungsprogramm hatte mehr Glück.

„Er hat keine Strafakte bei der Polizei", verkündete Diego. „Und keine Akte beim FBI. Aber ich habe Zugang zu mehr Informationen als diesen." Er tippte auf den Tasten herum und brachte ein Foto ihres Mannes auf den Bildschirm. Es war ein Schnappschuss, der einen mittelgroßen Mann mit braunem Haar zeigte, der in einer Jagdweste im Wald stand.

„Sein Name ist Josiah Doyle." Diego tippte auf die Pfeiltasten, um mehr Infos anzuzeigen. „Er ist ein Kopfgeldjäger. Er jagt Leute, die sich nicht an ihre Bewährungsauflagen halten, entkommene Sträflinge und ungezähmte Shifter."

Nells Hand verkrampfte sich um die Lehne von Cormacs Stuhl. „Warum ist ein Kopfgeldjäger hinter Shane her? Er trägt ein Halsband."

„Ich glaube, das sollten wir ihn mal fragen", schlug Diego vor. „Ich habe die Adresse seines Hauses und von zwei Hütten. Ich wette, er hat Shane in eine von ihnen geschafft."

„Um ihn zu töten?", fragte Nell mit blassen Lippen.

Cormac nahm ihre Hand zwischen seine. „Ich werde das niemals zulassen. Wir werden ihn finden und nach Hause bringen."

„Mach dir keine Sorgen, Nell", beruhigte Diego sie. „Xav und ich haben jede Menge Feuerkraft und wissen, wie man sie einsetzt. Und wir haben Reid."

„Und mich", knurrte Graham.

„Denk nicht einmal daran", warnte Nell. „Ich will nicht, dass mein Junges im Kreuzfeuer getroffen wird."

„Und das wird er auch nicht", beruhigte Diego sie. Er hatte eine freundliche Stimme, besänftigend, trotz der Autorität, die darin mitschwang. Dass der menschliche Mann von Shiftern wie Graham, Nell und Jace nicht eingeschüchtert war, sagte eine Menge über ihn aus. „Wir wissen, was wir tun, Nell. Wir gehen und befreien Shane, und dann bringen wir ihn zurück."

„Ich komme mit euch", entschied Nell. „Ich sitze nicht zu Hause und frage mich, ob ihr ihn findet, bevor es zu spät ist."

„Graham hat Misty nach Hause geschickt", warf Diego ein.

„Sie ist ein Mensch", erwiderte Nell. Sie sah Diego mit einem stählernen Blick an. „Diskutiere erst gar nicht mit mir, Diego. Ich weiß, was du getan hast, als deine Gefährtin und dein Junges in Schwierigkeiten waren."

„Ja, aber ich habe auch die angebotene Hilfe angenommen", sagte Diego.

„Du hast nicht zu Hause gewartet."

„Nein", gab Diego zu. „Das habe ich nicht."

„Na, dann."

„Nell hat recht", warf Cormac ein. „Wir brauchen sie. Wir müssen uns aufteilen und jeden der Orte überprüfen, und wir haben nicht die Zeit, das der Reihe nach zu tun." Er deutete auf die Karte auf Diegos Computer. „Ich denke, sein Haus ist am unwahrscheinlichsten. Wir sollten es auf alle Fälle überprüfen, uns jedoch auf die Hütten konzentrieren. Graham und Jace können eine Hütte mit Xavier auspähen, Nell, Brody und ich nehmen die andere."

„Während ich Verstärkung hole und zum Haus fahre?", fragte Diego. Er grinste. „Du bist gut darin, Befehle zu erteilen, aber ich nehme ein paar Änderungen vor. Xav und ich nehmen uns das Haus vor. Es erregt weniger Aufsehen, wenn nur Menschen vorfahren, um Mr Doyle zu treffen, und keine Shifter zu sehen sind. Zwei Teams Shifter werden die Hütten kontrollieren, doch ich schicke Reid mit einem mit."

Cormac blinzelte. „Die Fee? Warum?"

„Schon gut", beschwichtigte ihn Nell. „Reid ist nützlich, und er mag Shane. Ich vertraue ihm."

Interessant, aber okay …

„Gut", sagte Brody. „Dann mal los. Alles ist besser, als hier rumzuhängen und nur zu warten."

Nell legte den Arm um ihren Sohn. Cormac erhob sich und trat zu ihnen, und die drei bildeten eine warme, tröstliche Gruppe. Cormac hatte nicht die Absicht, zurückzutreten und Nell und Brody Privatsphäre zu geben. Die Umarmung bedeutete, dass sie ihn akzeptierten, dass Cormac jetzt ein Teil von ihnen war.

Cormac strich mit der Hand über Brodys Haar und

küsste Nell kurz auf den Mund. Dann lösten sie sich voneinander, um nach Shane zu suchen.

∞

IN DEM MOMENT, IN DEM CORMAC DEN PICK-UP außer Sichtweite auf der Bergstraße parkte, wusste Nell, dass Shane in der Hütte am Ende des Wegs war.

Die Sonne ging auf, berührte das Land, das unterhalb der Wälder eine Senke bildete, in der die Hütte am Ende der Lichtung fast ganz verschwand. Das winzige Haus hatte eine breite Veranda, die zur Lichtung hinausging. Ihre Rückseite lag im Schatten der Ponderosa-Pinien.

Josiahs zweite Hütte, die, die Graham, Jace und Reid überprüften, war ein kleines Haus mitten in einem Wüstental und nur über einen schmalen Feldweg zu erreichen. Diese Lage würde es dem Kopfgeldjäger ermöglichen, jeden, der sich näherte, bereits aus mehreren Kilometern Entfernung zu entdecken. Andererseits konnte Josiah auch nicht selbst aus der Hütte entkommen, ohne entdeckt zu werden.

Nein, *diese* Hütte mit ihrem Fluchtweg in die Wälder war der bessere Kandidat. Deshalb hatte Nell darauf bestanden, dass ihre Gruppe sie überprüfen würde. Graham hatte das verstanden und nicht protestiert, wofür ihm Nell dankbar war.

„Wir sollten uns wandeln", schlug Brody vor, „und ihn von drei Seiten angreifen."

„Damit er nur einen von uns erschießen kann?", fragte Cormac trocken. „Ich vermute, dass er ein gutes Gewehr mit Zielfernrohr besitzt, groß genug, dass er damit einen Shifter erlegen kann. Einer von uns könnte dann plötzlich sehr tot sein."

„Hast du eine bessere Idee?", fragte Brody.

„Ich gehe alleine. Ich kenn mich gut im Wald aus."

„Ich bin ein Grizzly, der in den nördlichen Rockies aufgewachsen ist", warf Brody ein. „Ich kenne mich auch gut im Wald aus. Und das ist mein Bruder da drinnen."

„Du hast in einem Haus gelebt und Kleidung getragen", sagte Cormac. „Ich habe die meiste Zeit meines Heranwachsens damit verbracht, auf Blättern zu schlafen und rohen Fisch zu essen. Er wird nicht mal merken, dass ich da bin."

Nell trat energisch zwischen die beiden. „Hört ihr beiden jetzt endlich auf, Waldkindergarten zu spielen? Ich habe die besten Chancen. Ich kann direkt hingehen und an die Tür klopfen. Der Kopfgeldjäger ist ein Mensch. Für die meisten Menschen ist es tabu, eine Frau zu erschießen oder zu verletzen."

Cormac wandte sich ihr zu. „Und manche Menschen betrachten Frauen als etwas, das man wie ein Stück Scheiße behandelt. Selbst wenn er nicht auf dich schießt, könnte er dich als Geisel nehmen."

„Und dann müssten wir euch beide befreien", warf Brody ein.

„Nein, er hätte eine fauchende Bärenmutter vor sich, die bereit ist, für ihr Junges zu sterben", sagte Nell. „Ich hoffe, ich reiße dieses dumme Kleid in Stücke, wenn ich mich wandele, um ihn zu vermöbeln."

„Ach, Mama, du siehst doch so hübsch aus."

Nell knirschte mit den Zähnen. „Ich weiß nicht,

was ich mir dabei gedacht habe, dieses Ding anzuziehen. Das bin nicht ich."

Der Blick, den Cormac ihr zuwarf, hätte sie bis auf die Zehen hinab versengt, wenn sie nicht solche Angst um Shane gehabt hätte. „Ich jedenfalls finde dich ohne das Kleid noch schöner, darüber reden wir allerdings besser später."

Brody schloss kurz die Augen und erschauerte. „Göttin", sagte er. „Sie hören nicht auf."

Cormac zog sich Mantel und Shirt aus. „Ich kann mich der Hütte von hinten nähern und hineingelangen, bevor der Jäger auch nur ahnt, dass es eine Gefahr gibt."

„Möchtest du, dass wir ihn ablenken?", fragte Brody.

Cormac schlüpfte aus der Jeans. „Wie? Wollt ihr herumtanzen und ‚Schieß auf mich, schieß auf mich' singen? Ich will nicht, dass er weiß, dass *irgendjemand* da ist. Ihr werdet schon merken, wenn ihr helfen kommen müsst."

„Wenn er deine tote Bärenhaut aus dem Fenster hängt?", wollte Nell wissen.

„Nell, Liebling." Er trat nur mit Boxershorts bekleidet zu ihr. Die Kälte schien ihm nichts auszumachen. Er legte ihr die Arme um die Taille, und seine Haut war so warm, dass er sie trotz der Kälte des Januarmorgens wärmte. „Du wirst es wissen. Ich weiß bereits alles, was du fühlst."

Nell überlief es kalt und dann wieder heiß. Sie spürte es, doch sie hatte versucht, es zu leugnen, den winzigen Samen in ihrem Herzen, das zarte Band, das zu etwas Erstaunlichem heranwachsen würde, wenn sie es zuließ.

„Cormac." Sie schüttelte den Kopf. „Es ist zu früh. Und zu schnell."

Er lächelte sie an. „Nell, unter dem Vatergott und vor Zeugen … beanspruche ich dich als meine Gefährtin."

Brody starrte sie einen Moment lang an, dann grinste er breit. „Ja!" Er ballte beide Hände zu Siegesfäusten, aber sein Ausruf kam flüsternd.

Nells Kehle verengte sich in Panik. „Das ist ein schmutziger Trick, Cormac."

„Ich habe zu viele Jahre darauf gewartet, die Gefährtin meines Herzens zu finden", erwiderte er, und seine Hände lagen warm auf ihren. „Warum noch zögern? Ich habe dir einen Gefährtenantrag gestellt, Liebes. Versprichst du mir, dass du zumindest darüber nachdenken wirst?"

„Das ist nicht die richtige Zeit und nicht der richtige Ort", erklärte Nell.

„Hör auf, mit ihm zu streiten, Mom", riet Brody. „Mach einfach erst mal mit." Sein breites Grinsen kam wieder hervor. „Das ist fantastisch. Jetzt müssen wir Shane holen, damit wir feiern können."

╌╌╌

Cormac bewegte sich mit neu gefundener Geschwindigkeit. Er wusste, der Gefährtenbund formte sich zwischen ihm und Nell. Er hatte bereits in Cormac begonnen, als er den Brief von Magnus gefunden hatte und nach all der Zeit seine Worte gelesen hatte. *Finde Nell. Sorge für sie so, wie ich es nicht gekonnt habe.*

Cormac hatte den Bund wachsen gespürt, als er und Nell allein in der Hütte waren – der Funke war aufgelodert wie die Flammen, die er im Kamin entzündet hatte.

Ein Gefährtenantrag war der erste wirkliche Schritt, sie zu der Seinen zu machen. Ein Gefährtenantrag bedeutete, dass Cormac seine Absicht erklärte, sie zu seiner Gefährtin zu machen, dass er wollte, dass sie mit ihm die offiziellen Zeremonien unter der Sonne und dem Mond beging, die sie für immer aneinander binden würden. Es bedeutete, dass alle andere Männchen zurücktreten mussten, dass Nell *sein* war.

Cormac wünschte sich, er hätte sie vor all diesen Jahren gefunden, sodass sie nicht alles hätte alleine bewältigen müssen, wirklich allein. Zumindest war er jetzt da, und er konnte Shane für sie zurückholen.

Ganz gleich, ob Nell später seinen Gefährtenantrag ablehnen würde oder abstritt, dass sie den Gefährtenbund spürte, er konnte zumindest dafür sorgen, dass ihr Junges sicher war. Er war zu spät dran gewesen, um Nell in der Vergangenheit zu helfen, doch er konnte es jetzt tun.

Cormac umrundete die Lichtung im Schutz der Bäume. Er hielt sich im Schatten und kam so zur Rückseite der Hütte. Hier in den Tälern war der Schnee geschmolzen, aber Wolken hingen über den Gipfeln, und die Kälte, die sie abstrahlten, sagte ihm, dass es bald schneien würde.

Die Hütte wirkte still, aber Cormac wusste, dass zwei Lebewesen darin waren. Er konnte sie deutlich riechen – der eine war ein Mensch, der andere ein Shifter. Der Shifter roch verletzt, und der Geruch wurde überlagert von dem starken Geruch nach unglücklichem Grizzly.

Die Veranda wand sich vollständig um die Hütte, und es gab nur ein Stockwerk. Vermutlich waren es zwei Räume – ein kombinierter Küche-Wohn-Bereich und ein Schlafzimmer mit einem kleinen Bad. Kompakt, ordentlich, ein großartiges Sommerwochenendhaus.

Die Hütte hatte zu viele Fenster. Cormac konnte sich nicht sicher sein, in welchem Zimmer der Jäger und Shane warteten – Wohnzimmer oder Schlafzimmer. Das Bad könnte als Eingangsort funktionieren, wenn Cormac als Mensch reinging. Jedenfalls wenn er herausfinden konnte, welches Fenster ins Badezimmer führte und ob es überhaupt ein Fenster hatte.

Er hielt sich im Dunkel und näherte sich der Hütte, so weit er es wagte. Unter einer riesigen Kiefer lag eine Ecke im Schatten, aber sie konnte von dem großen Fenster über die hintere Veranda vollständig überblickt werden.

Die Seite des Hauses war eher offen zu der Lichtung, hatte jedoch weniger Fenster. Cormac wandelte zurück in seine menschliche Form, duckte sich und rannte in gebückter Haltung vom Rand der Bäume zum Haus, wobei er sich unter den Fenstern duckte.

Der Boden unter den Fenstern war mit Müll übersät, aber es fand sich nichts so Hilfreiches wie ein Periskop oder selbst ein Spiegel. Es gab allerdings Glasscherben und rostige Nägel, die ihm die nackten Füße zerschnitten.

Er riskierte einen schnellen Blick in das erste Fenster, doch das Rollo war heruntergezogen worden und zeigte ihm nur eine weiße Fläche. Es verdeckte, was drinnen war, wenn Cormac allerdings draußen aufstand, könnte sich seine Silhouette zeigen. Ein Schütze brauchte nur eine Silhouette.

Er lief in geduckter Haltung zum nächsten Fenster und warf einen weiteren blitzschnellen Blick hinein. Auch bei diesem Fenster war das Rollo herunterzogen, ein guter Zentimeter über dem Fensterbrett war jedoch offen geblieben. Durch diese Lücke sah Cormac ein dämmriges Schlafzimmer, in dem Kram über Fußboden und Bett verteilt war.

Es war niemand im Raum. Kein Shane und auch kein Kopfgeldjäger.

Cormac überprüfte das Fenster nach Drähten, die auf ein Alarmsystem hinweisen konnten. Nichts. Die Fenster waren neuer als die Hütte selbst, dicke Glasscheiben, die sich zur Seite schieben ließen, mit einem Netz davor, um Insekten draußen zu halten.

Cormac entfernte es vorsichtig. Die Scheibe selbst war solide, doppelt verglast, und auch wenn es kein Schloss oder Alarmsystem gab, so war das Fenster eindeutig verriegelt.

Alte Fenster in ordentlichem Zustand waren viel einfacher zu öffnen als neue, die dafür gemacht waren, Feuer, starkem Wind und Einbrechern zu widerstehen. Andererseits konnte man sie immer aus ihrem Rahmen lösen, wenn man wusste, wie. Was Cormac tat. Der eine Job, den die Menschen in Wisconsin ihm zugestanden hatten, war im Baugewerbe gewesen. Er hatte keine Werkzeuge für große

Jungs benutzen dürfen, doch er war sehr gut darin gewesen, Teppiche zu verlegen und Bauteile zu installieren.

Cormac fischte im Müll auf dem Boden nach Nägeln, die nicht zu kaputt waren und klemmte diese als Keile um den Rahmen herum ein. Er musste etwas Flaches, Stabiles finden, dass er als Brechstange benutzen konnte. Er hatte einen Montierhebel im Pick-up, aber zu versuchen, da ungesehen hin und wieder hierher zurück zu rennen, war zu riskant.

Er musste außerdem so leise wie möglich arbeiten, damit niemand das Klicken hörte, wenn er versuchte, das Fenster zu entfernen. Er würde …

*Bumm!*

Das Fenster schob sich selbst unter seinen Händen nach draußen. Cormac ließ die Nägel fallen und bedeckte sein Gesicht, als Feuer den Raum innen erhellte. Flammen umloderten auch die Vorderfenster des Hauses, und eine Linie lief von der Veranda herunter und machte sich auf den Weg zum Gastank, der für die Winterbeheizung der Hütte benutzt wurde.

Cormac wandelte sich in einen Bären, noch während er auf den Gastank und sein Sicherheitsventil zulief. Seine halb gewandelte Klaue drehte das Gas ab, genau bevor das Feuer es erreichte.

Er sprang vom Tank weg und zurück zum Haus, das lichterloh brannte. Eine weitere Explosion erschütterte es tief im Inneren. Das Dach stand in Flammen.

Nell und Brody kamen herbeigestürmt, beide in Bärengestalt. Sie rannten, so schnell sie konnten.

Nell würde versuchen, da hineinzustürzen und ihr Junges zu retten. Sie würde überall Brandwunden davontragen und vielleicht auch vom Jäger erschossen, wenn er noch lebte.

Bevor Nell und Brody es halb über die Lichtung geschafft hatten, drehte sich Cormac um und stürzte durch die zerbrochenen Vorderfenster in den brennenden Raum.

## KAPITEL ACHT

Cormac konnte nichts sehen. Das Feuer wütete, und Rauch füllte den Raum. Sein großer Grizzlykörper hatte das zerbrochene Fenster aus dem Rahmen gebrochen. Glas hatte sich in seinen Pelz gebohrt, doch er fühlte die Schnitte kaum.

Seine Klauen verfingen sich im Teppich auf dem Boden. Er wandelte sich in die Bestie zwischen Mensch und Bär, schnappte sich den Teppich und warf ihn über das Fensterbrett, wodurch er die Flammen eine Zeit lang aufhielt.

Etwas bewegte sich in den Schatten einer Ecke. Cormac rannte dorthin, wegen des Rauchs halb blind. Er fand Ketten, zu stark, um sie zu zerreißen, einen schlaffen Körper auf einem Stuhl, heißes Blut.

Cormac blieb in seiner Hybridform, einer Kreatur fast zweieinhalb Meter groß, deren Kopf gegen das stieß, was von den niedrigen Deckenbalken übrig war. Er griff sich den Körper mitsamt Stuhl und allem und schleppte ihn zum Fenster und dem Teppich, der darüber lag.

Er wuchtete den Stuhl und Shane nach draußen. Der Stuhl landete auf dem Rücken, und unter dem Gewicht zerbarsten die Dielen der Veranda. Shane lag bewusstlos und blutbedeckt da.

Einer der Grizzlys, die auf das Haus zuliefen, wandelte sich und wurde zu Brody. Er nahm seinen Bruder und zog ihn von der Veranda und vom Haus weg.

Der zweite Grizzly schob sich hinter Cormac in die Hütte.

„Nell!", versuchte Cormac zu rufen, aber da war zu viel Rauch, um zu atmen.

Der Jäger war in einer Ecke im Wohnzimmer, sein Gewehr in den Händen. Als Nell sich auf ihn stürzte, sprühte ihr Halsband elektrische Funken um ihren Hals und versuchte, sie aufzuhalten. Das Gewehr des Jägers kam hoch, der Lauf zielte mitten auf Nells Brust.

Cormac brüllte. Er wurde ganz zum Grizzly, während er auf Nell zusprang und sie beiseiteschob. Das Gewehr feuerte, und die Kugel traf Cormac voll in den Bauch.

Während der Schmerz losbrach, hörte Cormac Nell brüllen. Sie erhob sich auf ihre Hinterbeine, ihr Maul zeigte ihre unglaublich großen Zähne – ein wütender Grizzly, bereit zu töten.

Als sie einen Moment später herunterkam, zerbrachen ihre Pfoten das Gewehr in drei Teile. Dann wandte sie sich dem Jäger zu, wobei ihr Halsband wie verrückt Funken sprühte.

Sie wäre gnadenlos über ihn hergefallen, hätte ihn getötet, seinen Körper in Stücke zerrissen, wenn ein Betäubungspfeil sie nicht in die Seite getroffen hätte.

Nell stieß einen fürchterlichen, fauchenden Schrei aus. Sie kam herab, verfehlte den Jäger, und ihre Gestalt wurde von Flammen und Rauch verschluckt.

Cormac sprang zu ihr. Es fühlte sich für ihn an, als würden seine Innereien herausfallen. Er fand Nells sich langsam bewegenden Körper im Rauch, wo sie versuchte, sich auf die Füße zu wuchten.

Die große Gestalt der Fee, die Reid hieß, stand direkt am Vorderfenster, ein Betäubungsgewehr in den Händen. Diego und Xavier waren an Reids Seite. Hinter ihnen befanden sich Graham und Jace.

Reid reichte Diego das Betäubungsgewehr, schwang sich durch das Fenster und eilte zu dem menschlichen Jäger. Reid griff den Jäger an den Schultern, und dann … verschwanden er und der Mensch.

Cormac blinzelte, dann hustete er, und der Schmerz ließ ihn zu Boden sinken.

„Raus!", rief Diego. „Bevor hier alles runterkommt." Cormac versuchte, auf die Füße zu kommen, und rutschte erneut auf den Boden. Xavier stürzte herein, wand seine drahtigen Arme um Cormacs Rücken und zog ihn hoch.

„Beweg deinen Hintern", schrie Xavier. „Sonst bewege ich ihn für dich."

Graham und Jace eilten zu Nell. Nell schlug nach Graham, aber Cormac knurrte sie an.

Nell weigerte sich, mit Graham mitzukommen. Sie torkelte zu Cormac, aus ihrer Schnauze tropfte Blut.

Ihre Augen waren so rot wie die Flammen um sie herum. Cormac lehnte seine Schulter an ihre und stützte sich auf sie.

Gemeinsam, ermutigt von Jace und dem fluchenden Graham, schoben sich Cormac und Nell durch das teppichbedeckte, zerbrochene Fenster, rissen dabei die Wand halb mit sich und taumelten hinaus in den kalten, frischen Wind des Bergmorgens.

～

Brody stellte sicher, dass jeder sich wieder zurück in seine menschliche Form verwandelt hatte, bevor die Feuerwehr eintraf. Die Hütte konnte nicht mehr gerettet werden, doch die Gefahr, dass das Feuer sich ausbreiten könnte, bewirkte, dass innerhalb von Minuten mehrere Feuerwehrwagen da waren.

Diego und Xavier blieben auf der Lichtung, um mit den Feuerwehrleuten zu reden. Brody und Graham hatten den Rest von ihnen allen in den Pick-ups ein Stück die Straße hinauf gefahren, außerhalb des Sichtbereichs des Feuers.

Graham hatte schnelle Erste Hilfe an Cormacs Schusswunde geleistet. Es tat höllisch weh, Cormac wusste allerdings, dass es noch viel schlimmer hätte sein können.

Nell ging es gut, sie musst nur husten wegen des Rauchs, aber um Shane machten sie sich mehr Sorgen. Er war noch immer ohne Bewusstsein und lag auf der Ladefläche von Cormacs Pick-up. Graham hatte das Vorhängeschloss an Shanes Ketten geknackt und verarztete ihn auf die Schnelle, aber Shane wachte dennoch nicht auf.

Reid hatte dem menschlichen Jäger Handschellen angelegt und stand jetzt über ihm, eine Pistole auf ihn gerichtet. Es dämmerte Cormac schwach, dass Pistolen und Handschellen aus Stahl waren und Reid, eine Fee, nicht in der Lage sein sollte, sie zu berühren. Eisen machte Feen krank und konnte sie sogar töten. Reid zeigte allerdings keinerlei Anzeichen von Schwäche, während er weiterhin die halb automatische Waffe auf Joe Doyle richtete.

Nell hatte sich zurück in ihr kleines Schwarzes gezwängt. Sie musste frieren, jetzt da es leicht zu schneien anfing. Statt sich bei eingeschalteter Heizung in der Fahrerkabine des Pick-ups zu verkriechen, saß sie neben Cormac auf der Ladefläche. Sehr nah neben ihm.

Cormac legte seine Hand auf ihren warmen Schenkel und ließ sie dort. Sie mussten reden, aber nicht jetzt. Jetzt war nicht der Moment für Worte. Es war die Zeit, den Gefährtenbund still wachsen zu lassen, während Cormac und Nell heilten und sich um Shane kümmerten. Sie würden später über die Ewigkeit sprechen.

„Das ist das letzte Mal, dass ich für einen Shifter arbeite", murmelte der Kopfgeldjäger. Er verlagerte sein Gewicht, bemühte sich, in den Fesseln eine angenehmere Position zu finden, versuchte jedoch nicht, wegzulaufen. „Wie hast du mich da rausgekriegt?", fragte er Reid. „Bin ich ohnmächtig geworden?"

„Ja", sagte Reid.

Er log. Cormac roch die Lüge, und außerdem hatte

er gesehen, wie Reid Joe gegriffen hatte und verschwunden war. Das war auch etwas, worüber er später reden wollte.

„Ein Shifter hat dich angeheuert?", fragte Nell scharf. Ihre Stimme war rau von dem Rauch, den sie eingeatmet hatte, doch Cormacs Kehle funktionierte überhaupt nicht.

„Er muss meine Hütte präpariert haben, dass sie explodiert", vermutete Joe. „Dann hat er mich angerufen und mir aufgetragen, den Bären für ihn zu verwahren und auf ihn zu warten, damit er ihn selbst töten kann. Aber er hatte nie die Absicht, das Kopfgeld zu zahlen. Er wollte nur morden. Es war ihm gleich, ob ich auch draufgehe. Bastard."

„Was für ein Shifter?", bohrte Brody mit fester Stimme nach.

„Ein Arschloch, das sich Miguel nennt."

Graham blickte auf von dort, wo er Shane verband. Seine Augen wurden schmal. „Ist Miguel nicht der Shifter, der Peigi und die anderen abgeschottet in der alten Fabrik in Mexiko festgehalten hat? Bis Diego die in die Luft gejagt hat?" Er grinste. „Ich hätte sonst was dafür gegeben, zu sehen, wie er das gemacht hat."

„Ich dachte, Miguel sei gefasst worden", sagte Brody.

Reid schüttelte den Kopf. „Etwa die Hälfte dieser Shifter sind entkommen. Die Shifter aus Austin haben versucht, sie zu fassen, aber sie haben nur ein paar von ihnen erwischt. Miguel ist einfallsreich."

„Also reagiert er seinen Frust ab, indem er ein Kopfgeld auf Shane aussetzt?", wollte Nell wissen.

„Nicht nur auf Shane", antwortete Joe. „Er wollte

auch Reid hier und Diego Escobar und Cassidy Warden. Ich schätze, er macht sie für seine Probleme verantwortlich. Wenn Escobar Miguels Basis in die Luft gejagt hat, dann dachte Miguel vermutlich, dass er zum Ausgleich die Täter in die Luft jagt. Der hat echt 'ne Schraube locker."

Reid sah ihn direkt an. „Was ist mit dir? Du hast Shane entführt und wolltest mich, Diego und Cass jagen."

„Nein, ich hatte entschieden, nur den Bären zu schnappen. Du und die anderen beiden waren zu riskant, auch wenn das Geld gut war."

Cormac fühlte, wie Nell sich anspannte, bereit, von der Ladefläche herabzusteigen. *Nur* den Bären?" Ihre Stimme ließ ein warnendes Knurren hören.

„Er schien das leichteste Ziel zu sein", erklärte Joe unbekümmert. „Ich töte keine Menschen. Ich schätze, ich habe mich bei dem Bären geirrt. Auf keinen Fall wäre ich an euch allen vorbeigekommen, um das Kopfgeld zu kassieren, selbst wenn Miguel meine Hütte nicht in die Luft gesprengt hätte."

„Wo ist Miguel jetzt?", fragte Graham.

Joe zuckte mit den Schultern. „Keine Ahnung. Wir haben nur über Handy kommuniziert, und ich wette seins ist ein Wegwerfhandy."

„Wenn mein Sohn stirbt", erklärte Nell laut und deutlich, „bist du dran."

„Ich glaube, er wird wieder", verkündete Graham, der Shane verband. „Hat jemand Alkohol dabei? Ich werde versuchen, ihn aufzuwecken, und er wird etwas gegen die Schmerzen brauchen."

„Haben wir gerade nicht", sagte Jace, der von

Diegos Pick-up zurückkam, wo er telefoniert hatte. „Reid, kannst du Shane nach Hause bringen? Mein Vater kann sich seiner annehmen. Berichte, was passiert ist, aber versichere ihm, dass Graham und ich hier vor Ort alles Notwendige erledigen."

Reid nickte. Er reichte Jace die Pistole, kletterte auf die Ladefläche des Wagens neben Shane, legte die Arme um den ohnmächtigen Bärenmann und verschwand. Luft, die plötzlich bewegt wurde, spielte mit Nells Haarspitzen.

„Scheiße", krächzte Cormac im gleichen Moment, in dem sich Joes Augen weiteten. Joe starrte an die Stelle, an der Shane und Reid gewesen waren. „Hey, hat jemand außer mir das gesehen?", keuchte er.

Reid, entschied Cormac, konnte sich aus irgendeinem Grund teleportieren. Er hatte nie davon gehört, dass Feen so etwas draufhatten, andererseits sollten sie angeblich auch nicht in der Lage sein, Eisen anzufassen. Cormac erschauerte. „Habt ihr euch daran gewöhnt, dass er das tut?"

„Nein", antwortete Graham.

Nell ignorierte sie. Sie war unruhig und zuckte, kämpfte gegen ihre Instinkte an, Joe zu töten und sich dann schnellstmöglich um Shane kümmern. Cormac drückte ihr leicht den Schenkel in dem Versuch, sie zu beruhigen. Nells Gesicht war mit Ruß verschmiert, ihr Haar wild, ihr Nacken verbrannt, dort wo ihr Halsband ausgelöst hatte. Cormac fand, dass sie noch nie schöner ausgesehen hatte.

„Erzähl mir, was da drin passiert ist", sagte Nell mit einer festen Stimme zu Joe. „Wie hat sich Shane verletzt?"

„Eine kleine, selbst gebaute Bombe unter dem Küchenschrank", erwiderte Joe. „Ich habe sie entdeckt, direkt bevor sie losging. Sie hatte einen Handyauslöser – Miguel hat mich angerufen. Die zweite Bombe war im Kamin, und Shane saß direkt daneben. Ich schätze, eine Menge Zeug hat ihn getroffen. Das war nicht meine Absicht. Meine Anweisungen lauteten, ihn am Leben zu halten."

„Damit Miguel ihn töten konnte?" An Nells Halsband blitzten drei helle Funken auf. „Ich werde dich dafür auf so viele Arten bezahlen lassen, Mistkerl."

„Beruhige dich", befahl Jace scharf. „Wir können keinen Menschen ermorden, auch wenn wir es wollen." Er sah Joe an. „Hast du eine Möglichkeit, Miguel anzurufen?"

„Wenn mein Handy nicht frittiert ist, wird seine Nummer darin gespeichert sein. Ich habe ein weiteres Handy in meinem Pick-up, dort müsste sie auch sein."

„Du bist ziemlich entgegenkommend", stellte Jace fest.

„Ich bin ein Geschäftsmann. Und dieses Geschäft war eine schlechte Entscheidung – das verstehe ich jetzt. Wenn ihr Miguel erledigen wollt, dann macht das. Er ist zu verrückt für meinen Geschmack."

Graham machte sich auf den Weg, eines der Handys suchen, während Jace weiter über Joe wachte. Brody kletterte auf die Ladefläche und ging auf Nells anderer Seite in die Hocke. Umgeben von der Wärme Cormacs und ihres zweiten Sohnes, begann Nell, sich mit der Zeit ein wenig zu entspannen. In ihren Augen stand allerdings noch immer Wut und schreckliche Angst.

„Shane ist in guten Händen", sagte Cormac zu ihr. „Sobald Diego und Xav hier fertig sind, werden wir zu ihm fahren."

„Das weiß ich." Nell warf ihm einen ungeduldigen Blick zu. „Shane ist unverwüstlich. Und Eric kennt sich aus. Ich mache mir Sorgen um dich, du Idiot. Warum hast du mich so weggeschubst und dir diese Kugel eingefangen?"

Cormac knurrte. „Damit ich mir nicht ansehen muss, wie du von einem Gewehr umgepustet wirst, Frau. Was denkst du denn?"

„Ich kann auf mich selbst aufpassen."

Cormac stützte sich auf die Ellenbogen. Seine Wut verlieh ihm Stärke. „Erzähl mir keinen Blödsinn. Natürlich kannst du auf dich selbst aufpassen – unter normalen Umständen. Aber steh nicht einfach in einem brennenden Gebäude mit die Göttin weiß wie vielen Sprengkörpern darin und schrei ‚ich kann auf mich selbst aufpassen', während eine Kugel auf dich zufliegt. Der Kugel ist das egal. Manchmal schaffen wir es nicht alleine. Manchmal brauchen wir andere. Das bedeutet nicht, dass du hilflos bist. Es bedeutet, dass du lebst."

Nell blinzelte ihn an, noch immer Shifterwut in ihren braunen Augen. „Seit wann bist du Experte in Zweisamkeit? Du hast dich entschieden, dich in eine Hütte zu schleichen, um einen Kopfgeldjäger zu überrumpeln, der wer weiß wie viele Waffen hatte – und zwar alleine."

„In dem Moment war es die beste Option."

„Nun, da reinzuspringen und deinen und Shanes Hintern da rauszuzerren, war die beste Option für mich."

„Du bist fast gestorben!", brüllte Cormac, was höllisch in seiner Kehle schmerzte.

„Und du auch!"

„Meine Güte", beklagte sich Brody und stand mit erhobenen Händen auf. „Könntet ihr euch beruhigen? Explosionen machen mir Kopfschmerzen."

„Sie können nicht anders", erklärte Jace. „Sie sind Gefährten. Die Zeremonie ist an dieser Stelle nur noch eine Formalität."

„Er ist nicht mein Gefährte!", fauchte Nell.

„Doch, ist er", erwiderten Jace, Brody und der Kopfgeldjäger gleichzeitig.

Nell knurrte und schloss den Mund, aber zumindest war die Panik weg.

Graham kam mit einem Telefon zurück, Diego und Xavier im Schlepptau. Diego musterte Joe ausdruckslos. „Miguel, hm?"

„Ja."

„Ich frage mich, warum er kein Kopfgeld auf mich ausgesetzt hat", beschwerte sich Xavier und sah ein wenig beleidigt aus. „Ich war doch auch da."

„Du warst bewusstlos und hattest einen gebrochenen Arm", erklärte Diego.

„Stimmt", sagte Xavier. „Jetzt erinnere ich mich. Der ganze Schmerz, der Durst und der Gestank. Ach ja, das war schön."

„Ich hätte ihn erschießen sollen, als ich die Gelegenheit dazu hatte." Diego nahm das Telefon von Graham entgegen. Joe zeigte, welche der Nummern ohne Namen Miguels war, und Diego tippte sie an.

„Miguel", sagte Diego mit fröhlicher Stimme, als jemand am anderen Ende abnahm. „Hier spricht Diego

Escobar." Er ließ eine Flut Spanisch los, die Cormac nicht verstand. Diego lächelte noch immer, aber seine Augen glitzerten kalt. Joe musste seine Worte verstanden haben, denn er verzog das Gesicht.

„Es wäre einfacher gewesen, wenn du dich den Shiftern ergeben hättest, die Anfang des Jahres nach dir gesucht hatten", sagte Diego zu Miguel und wechselte wieder ins Englische. „Das wird viel schwieriger, wenn ich und jeder Shifter, den ich kenne, hinter dir her ist. Du solltest besser aufpassen. Tag und Nacht. Ob du wach bist oder schläfst. Denn ich werde direkt hinter dir stehen, Miguel. Und wenn wir dich dieses Mal finden, werden wir nicht mehr so charmant zu dir sein. Nein, das war's. Du kriegst nicht die Gelegenheit, etwas zu antworten." Diego drückte das Gespräch weg, steckte das Handy in seinen Ledermantel und behielt sein Lächeln bei, während er sich Joe zuwandte.

Joes Körper verkrampfte sich unter Diegos nachdenklichem Blick. „Ich war kooperativ", warf der Mann schnell ein.

„Ich habe mich noch nicht entschieden, was ich mit dir tun soll", teilte ihm Diego mit. „Die menschliche Polizei kann begriffsstutzig sein, deshalb habe ich meine eigene Firma gegründet. DX Security denkt offener. Ich glaube, niemand von uns möchte, dass ein Kopfgeldjäger frei herumläuft, der willens ist, Shifter zu töten, oder?"

„Nein", pflichtete Graham ihm bei. Er lächelte ebenfalls, und sein Lächeln war unangenehm.

„Ich könnte Graham erlauben, dir ein paar Sachen zu erklären", meinte Diego zu Joe. „Er ist sehr gründlich. Ich kenne Cormac nicht sehr gut, ich vermute jedoch, wenn es ihm besser ginge, wäre er genau so gründlich. Ich denke, ich muss dich zu Eric bringen. Er wird sehr freundlich sein und dir ein Bier anbieten, aber euer kleines Gespräch wirst du nicht vergessen. Niemals."

Jace grinste und sah einen Moment lang genau wie Eric aus. „Gute Idee."

Joe war blass geworden. Er fürchtete Shifter noch immer nicht genug. Cormac vermutete allerdings, dass er heute lernen würde, sie so sehr zu fürchten, wie er sollte.

„Sind wir fertig hier?", fragte Cormac mit rauer Stimme. „Ich mag frühmorgendlichen Schneefall im Wald wirklich, nur jetzt gerade hätte ich lieber ein Dach über dem Kopf und eine Matratze unter mir. Und dann ein gutes Frühstück. Pfannkuchen. Mit Honig. Viel, viel Honig."

„Bäh", sagte Graham und rümpfte die Nase. „Bären."

„Brody wird kochen", entschied Nell. Sie kam zu Cormac, kuschelte sich an ihn, und alle Spannung wich aus ihr. „Bring uns nach Hause, Diego."

Nell wusste, dass es Cormac schlechter ging, als er erkennen ließ. Als sie und Brody ihm aus dem Pick-up und in Nells Haus halfen – und auf ihr Bett –, ließ er sich in die Kissen fallen. Mit halb geschlossenen Augen blieb er lange regungslos liegen.

Nell zog ihn aus – er hatte wieder ein T-Shirt und

Jeans angezogen für den Fall, dass irgendwelche Menschen nach der Rettung nach ihnen sehen würden. Erschöpft sank sie neben ihm auf die Matratze. Sie trug noch immer das schwarze Partykleid, jetzt zerrissen und mit Dreck und Blut verschmiert.

Cormac hatte sich geweigert, ins Krankenhaus zu fahren, und gesagt, Grahams Versorgung reiche aus. Die Wunde war sauber, die Kugel war ausgetreten, ohne etwas Wichtiges verletzt zu haben, und Shifter heilten schnell. Außerdem hatte sein Halsband nicht ausgelöst, fügte er hinzu, denn er hatte niemanden angegriffen. Er hatte also nicht mit vom Halsband bewirkter Erschöpfung zu kämpfen, die seine Erholung beeinträchtigen könnte.

Dummer Bär.

Nell schloss die Augen, doch das Bild, wie Cormac in die brennende Hütte sprang, ging ihr nicht aus dem Kopf. Sie hatte gedacht, ihr würde das Herz stehen bleiben. Dann hatte Cormac Shane gefunden und ihn hinausgeschoben – hatte alles getan, um Shane in Sicherheit zu bringen.

Wenn Cormac nicht da gewesen wäre, wenn er niemals in diese Shiftertown gekommen wäre, um nach Nell zu suchen, dann hätte er nicht die Möglichkeit gehabt, Shane zu retten. Die Bedeutsamkeit dessen ließ Nell erneut die Augen öffnen, in denen Tränen brannten.

Das Haus war jetzt still. Shane war aus seiner Ohnmacht erwacht, als sie zurückgekehrt waren, wütend, dass er alles verpasst hatte. Er war verletzt, aber nicht so schlimm, wie alle befürchtet hatten, und er verlangte bereits wieder nach Essen.

Nell legte sich neben Cormac auf das schmale Bett und zog einen Quilt über sie beide. Sie sollte Cassidy oder Iona bitten, nach Cormac zu sehen, und selbst duschen und frühstücken. Aber sie bewegte sich nicht.

Brody hatte sich zu Shanes Aufpasser ernannt, und Reid war zu Eric gegangen, um zu helfen, sich mit dem Kopfgeldjäger auseinanderzusetzen. Das Letzte, was Nell von Reid gehört hatte, war, dass sie planten, den Mann dazu einzusetzen, Miguel aufzuspüren. Eric war gerade dabei, Joe genug Angst einzujagen, dass er ihnen freiwillig helfen würde.

Eric hatte beschlossen, dass Nell und Cormac fürs Erste genug getan hatten – die Jagd auf Miguel würde weitergehen, und Eric wollte, dass Peigi und Reid dabei waren, um Miguel zu konfrontieren, wenn sie ihn fanden. Peigi hatte das Recht verdient, zu entscheiden, was mit Miguel geschehen sollte.

Jetzt musste Cormac heilen, und Nell hatte das Bedürfnis, an seiner Seite zu bleiben. Der neue Bund erlaubte nichts anderes.

„Dummer Bär", flüsterte sie laut.

Cormacs Augen öffneten sich einen Spalt weit, und es leuchtete blau aus ihnen. „Das Gleiche könnte ich über dich sagen."

„Nun fang nicht wieder damit an, dass ich hätte zu Hause bleiben und stricken sollen."

„Stricken habe ich nie erwähnt. Stricken ist überhaupt nicht vorgekommen." Cormacs Stimme klang fürchterlich, so weit entfernt von seinem angenehmen Bass, dass Nell weinen wollte.

„Dann hätte ich wohl zu Hause bleiben und meine Flinte reinigen sollen." Sie zögerte. „Die ich Xavier zurückgeben werde. Ich möchte nie wieder ein Gewehr sehen."

„Ich werde wieder gesund, Frau."

„Und hör auf, mich Frau zu nennen."

Cormac öffnete seine Augen etwas weiter. Sie waren rot vor Rauch und Erschöpfung, dennoch gelang es ihm, wach und aufmerksam zu wirken. „Weißt du, warum ich gesund werde?"

„Nein, aber ich weiß, du wirst es mir sagen."

Cormac legte seinen Arm über Nells Bauch, stark und warm. „Die Berührung einer Gefährtin. Sie beschleunigt die Heilung." Seine Stimme wurde weicher. „Zumindest habe ich das gehört. Ich hatte vorher noch nie die Gelegenheit, das zu testen."

## KAPITEL NEUN

Nell musste mit trockener Kehle schlucken. „Ich auch nicht."

Sie lagen Schulter an Schulter, die Gesichter einander zugedreht. Cormac streichelte ihre Taille. „Die Sache mit Magnus tut mir leid, Liebes."

„Können wir ein anderes Mal darüber reden?"

„Wir können über alles reden, was du willst, wann immer du willst. Für den Rest unseres Lebens."

„Halt." Nell berührte seine Lippen. „Du hast den Gefährtenantrag gestellt, als ich ihn nicht ablehnen konnte."

„Ja", gab Cormac zu. „Was du heute kannst besorgen …"

„Ich habe ihn noch nicht angenommen."

„Ich weiß."

Er versuchte nicht, darauf zu bestehen, zeigte kein dominantes Verhalten oder versuchte, sie mit Blicken zu bezwingen. Er lag still da und beobachtete sie einfach. Seine Augen waren so blau, dass es ihr das Herz brach.

„Du kannst ihn zurückweisen, wenn du das möchtest", sagte er.

An dieser Rettungsleine hielt sie sich fest. „Ich weise ihn zurück. Ich bin noch nicht bereit. Bitte, bedräng mich nicht."

Cormacs Augen verdunkelten sich, sodass sie die Farbe seines Bären annahmen, und sein Arm schloss sich fester um sie. „Bist du sicher?"

„Ja. Nein. Ich weiß es nicht." Nell war verwirrt, betäubt von den Geschehnissen des Tages, verrückt vor Sorge um Shane und zu Tode erschrocken, dass sich in ihrem Herzen ein Gefährtenbund für Cormac einnistete.

Der Gefährtenbund bedeutete, dass sie für immer zusammengehören würden, mit oder ohne Zeremonie, dass es unvorstellbaren Kummer bereiten würde, den anderen zu verlieren. Nell hatte bereits genug Kummer hinter sich, und sie hatte das heute fast wieder durchmachen müssen. Sie wollte so etwas nie wieder erleben.

„Bist du dir ganz sicher?", fragte Cormac.

„Für den Moment. Wenn du geheilt bist, können wir uns hinsetzen und darüber reden …"

Er unterbrach ihre Worte dadurch, dass er ihre Lippen mit seiner verletzten Hand berührte. „Ich will nicht später darüber reden." Cormac atmete tief aus, sie spürte seinen warmen Nacken an ihrer Wange, dann hob er den Kopf und donnerte: „Brody!"

Seine Stimme war gebrochen, aber er konnte immer noch laut werden.

Nell setzte sich halb auf. „Was machst du da?"

Brody fiel fast ins Zimmer, seine Augen groß vor Schreck. „Was? Was ist los?"

Hinter ihm im Flur hörte Nell Shane ebenfalls fragen: „Was ist los?"

„Nell hat meinen Gefährtenbund zurückgewiesen", berichtete Cormac. Er war ruhig. Zu ruhig.

„Was?", keuchte Brody. Er klang bestürzt.

„Mom", rief Shane, „der Typ hat mir das Leben gerettet. Nun sei nicht so hart zu ihm."

„Und du brauchst doch jemanden an deiner Seite", drängte Brody. „Du weißt schon, für die andere Hälfte deines Lebens."

Nell sah ihn böse an. „Vielen Dank für dein Mitgefühl."

Brody hob abwehrend die Hände. „Ich mein ja nur."

Cormac war der Einzige, der still geblieben war. „Es ist deine Entscheidung, Nell."

„Ich weiß, es ist meine Entscheidung. Ihr könnt alle aufhören, auf mich einzudreschen. Ich brauche Zeit zum Nachdenken."

„Ist das dein letztes Wort?", fragte Cormac.

Versuchte er, sie direkt in den Wahnsinn zu treiben? „Ja, ist es."

Cormac atmete tief ein. „In diesem Fall ... Nell, unter dem Licht der Sonne, dem Vatergott und vor Zeugen beanspruche ich dich als meine Gefährtin."

Die Worte waren nicht laut, aber sie klangen voller Kraft. Brody fing an zu lachen.

„Was?", schrie Nell fast.

Cormac hielt weiter unbeirrt seinen Blick auf sie gerichtet. „Ist das eine Ablehnung?"

„Ja!"

Cormac zuckte die Achseln, die Bewegung wirkte müde. „Deine Entscheidung." Er sah Brody an, der wie ein Idiot grinste, dann zurück zu Nell. „Nell, unter dem Licht der Sonne, dem Vatergott und vor Zeugen beanspruche ich dich …"

Nell setzte sich mit einem Schrei auf. Sie presste sich die Hände auf die Ohren. „Raus!"

„Komm zurück, Brody", rief Shane von weiter unten im Flur. „Die beiden müssen offensichtlich mal reden."

„Und schließ die Tür hinter dir." Nell nahm die Hände von den Ohren, um auf die Tür zu zeigen.

„… als Gefährtin", schloss Cormac.

Nell ballte die Hände zu Fäusten. „Du hinterhältiger, gemeiner … Bär."

„Geh nur", sagte Cormac zu Brody, der sich nicht die Mühe machte, sein Lachen zu verbergen. „Wir brauchen etwas Privatsphäre."

„Nehmt euch nur alle Zeit, die nötig ist", beruhigte Brody ihn. „Häng eine Socke an die Tür oder so. Wir bleiben draußen, bis sie verschwunden ist."

„Brody", knurrte Nell wütend.

„Viel Glück", meinte Brody zu Cormac. Er schickte sich an, zu gehen, dann drehte er sich noch einmal um und kam zum Bett. Er lehnte sich hinab und schloss Cormac in eine vorsichtige Umarmung. Cormac erwiderte sie, so gut er konnte. „Danke", sagte Brody. „Ganz im Ernst."

„Jederzeit, Junges meiner Gefährtin. Ich weiß, du und Shane, ihr seid für sie das Wichtigste auf der Welt."

Jetzt sah Brody peinlich berührt aus. „Äh, ja." Er beendete die Umarmung und ging zur Tür. „Viel Spaß, Kinder."

Und dann war er weg und knallte die Tür so fest zu, dass eine ordentliche Brise durch das Zimmer stob und das Haus wackelte.

„Du wirst kein Nein als Antwort akzeptieren, oder?", fragte Nell, und ihr Herz flatterte mit beginnender Panik.

„Nein."

„Du hältst dich nicht an die Regeln."

„Ich halte mich haargenau an die Regeln." Cormac legte ihr einen Arm um die Schultern und zog sie leicht zu sich hinab. „Du brauchst keine Zeit, Nell", erklärte er. „Du hast zu viel Zeit gehabt. Genau wie ich. Ich weiß, du hast Angst. Die habe ich auch. Aber wir stellen uns dem gemeinsam, wir entdecken es gemeinsam. Keine Spielchen mehr, keine Einsamkeit. Lass uns den Rest unserer Zeit zusammen verbringen."

*Ja!* Nell wollte das. Jemanden, mit dem sie leben konnte, lachen konnte. Shane und Brody hatten vielleicht selbst bald Gefährtinnen, ihre eigenen Familien. Sie und Cormac konnten hier sein, immer ein Zuhause für sie.

„Seit du hier aufgekreuzt bist, hast du nichts getan, als mich unter Druck zu setzen und zu verwirren", sagte sie. „Du hast um fünf Uhr morgens in meiner Küche rumgehämmert, um meine Aufmerksamkeit zu erregen, oder? Du hättest auf eine zivilisierte Uhrzeit warten können."

„Ich bin gerne direkt."

„Ich gebe dir gleich direkt, Bärenhirn", knurrte Nell ihn an, eine extrem respekteinflößende Grizzlyfrau. Gleichzeitig zog sie sich das zerrissene Kleid über den Kopf und warf es zu Boden. „Du musst zu Ende bringen, was du angefangen hast."

Seine Augen glitzerten vor Interesse. „Ach ja?"

„Ich rede von meiner Küche. Ich will, dass sie fertig wird und so gut aussieht wie die in den schicken Zeitschriften. Und dann will ich dich darin zusammen mit mir, wie wir Essen für meine Jungen kochen oder eine Party für unsere Freunde veranstalten oder dass du mich im Paarungswahn auf der Arbeitsfläche nimmst. Verstanden?"

Cormac schenkte ihr ein stilles Lächeln. „Ich glaube schon."

Nell atmete tief ein. „In diesem Fall, Cormac … nehme ich deinen Gefährtenantrag an."

Er streichelte ihr die Wange. „Aber wir haben keine Zeugen."

„Und ob. Sie lauschen an der Tür." Nell erhob die Stimme. „Habt ihr mich gehört? Cormac, Gefährte meines Herzens, vor meinen neugierigen Söhnen, die sich nicht um ihre eigenen Angelegenheiten kümmern können, nehme ich deinen Gefährtenantrag an."

Der Jubel aus dem Flur und dem Schlafzimmer weiter unten bestätigte, dass ihre Jungen da waren und angestrengt gelauscht hatten. Dann erfüllte ihr polterndes Lachen das Haus. Brody entfernte sich in Richtung Shanes Schlafzimmer.

Cormac umarmte Nell, zog sie für einen Kuss an sich, der ihr den Atem stahl. Sie hielt ihn fest, ihre Lippen wärmten sich mit seinen, während der Rest ihres Körpers zitterte.

Cormac unterbrach den Kuss. Seine Augen waren wieder wunderschön blau. Er strich mit der Fingerspitze ihre Nase hinab, dann drehte er sich um und rollte sich aus dem Bett.

Nell sah atemlos zu ihm auf. Cormac war splitterfasernackt, die Verbände weiß gegen seine dunkle Haut. Sein Schwanz, dem Verwundungen egal zu sein schienen, stand bereit vor Tatendrang.

Er bückte sich zum Boden, stöhnte und warf etwas mit dem Fuß hoch und fing es mit der Hand auf.

„Was machst du da?", fragte sie.

„Ich befestige eine Socke an der Tür." Cormac öffnete sie, zog schnell die Socke über den Knauf und schloss sie wieder. „Ich will nicht, dass jemand hereinkommt, bevor ich fertig bin."

„Aber du bist noch immer verletzt. Wir können doch nicht einfach …"

Cormac grinste. „Was du heute kannst besorgen …"

Er kam zurück zum Bett und sah auf Nell hinab, wo sie auf den Decken lag in nichts als ihrem Höschen. Sein verheißungsvoller Blick ließ sie erschauern.

„Ich würde gerne direkt loslegen", sagte er. „Aber so wie die Dinge stehen …" Er hob den Quilt und glitt vorsichtig darunter, wobei er erneut stöhnte.

„Du solltest schlafen", erwiderte Nell. „Wir können später feiern."

„Nein." Cormac wurde ernst, und seine Stimme

klang bestimmt. „Ich hätte dich heute fast verloren. Ich hätte *mich selbst* fast verloren. Ich warte keine weitere Sekunde länger." Er zog mit einem Ruck die Decke unter ihr hervor und wickelte sie beide darin ein, dann schob er sich auf sie. „Mmm", murmelte er und senkte den Kopf, um sie zu küssen. „Das tut nicht weh."

„Deine Wunde könnte wieder zu bluten anfangen."

„Ich glaube nicht." Er nahm ihre Hand und legte sie sich auf den Bauch. „Graham kennt sich aus, und ich habe hier gelegen und mich in der Wärme meiner Gefährtin gesonnt. Ich denke, mir geht es gut."

Sie atmete tief aus. „Der Göttin sei Dank."

„Ja, die Göttin war gut zu mir."

Cormac verstummte, sein Lächeln verschwand, seine Augen wurden ruhig. Nell berührte seine Wange, aber er sah sie einfach nur an.

Ihre Körper wollten zusammenkommen, der Paarungswahn regte sich in Nell und löschte jeden anderen Gedanken aus. Sie bewegte sich gegen ihn und wurde von dem Gewicht seiner Erektion belohnt, die zwischen ihre Beine glitt.

Cormacs Kiefer spannte sich, als hielte er sich zurück, als habe er Angst, *sie* zu verletzen.

„Mein Liebster", flüsterte sie, und ihre Hände wanderten zu seinem Rückgrat. „Ja."

Cormac knurrte. Und dann ließ er sich gehen.

Seine Küsse schienen ihre Haut wie mit Flammenzungen zu berühren, dann nahm er ihren Mund in einem Kuss, der sie vernichtete und bis ins Herz versengte. Gleichzeitig glitt er in sie, öffnete sie weit für sich.

Nell zog ihn zu sich hinab, ihre Erregung schon jetzt unerträglich.

In ihrem Herz flammte der Gefährtenbund auf – ein süßer, dunkler Schmerz, der bewirkte, dass sie ihn noch näher und immer näher an sich ziehen wollte. Sie bäumte sich zu ihm auf, und er senkte die Hände auf sie herab, seinen Mund und seinen Körper, und liebte sie, so wie er sollte.

„Der Gefährtenbund", flüsterte er, und seine Stimme enthielt Triumph. „Ich wusste, er würde mich retten."

Die Freude in seiner Stimme ließ sie bereits besser klingen. Mit der Zeit würde sie heilen, und Cormac würde ihren Namen wieder mit dem schönen Grollen aussprechen, das sie zuerst an ihm lieben gelernt hatte.

„Nell", sagte er, das Wort eine Liebkosung. „Gefährtin meines Herzens. Gefährtin meines Lebens. Ich liebe dich."

„Ich liebe dich auch", erwiderte Nell, und ihre Stimme brach. Noch nie hatte sie etwas gesagt, das so wahr gewesen war.

Cormac strich einen Kuss über den Mund, der das gesagt hatte, dann hielt er sie in seinen Armen und fuhr damit fort, sie zu lieben – schnell zunächst, dann – eine ganze Zeit später – langsamer.

Ihre Berührung heilte ihn. Nach ihrem ersten gemeinsamen Höhepunkt ruhte er sich nur ein paar Momente aus, bevor sein Lächeln wieder übermütig wurde.

Er senkte seinen Kopf, presste seine geöffneten Lippen auf ihre Brust. Er leckte über die Spitze, die sich aufrichtete, bevor er sie in seinen Mund saugte. Er schob die Hände unter Nell, um ihren Hintern zu umfassen, und hob ihre Hüften an.

Langsam küsste er sich ihren Bauch hinab. Sein heißer Mund hielt an ihrem Nabel inne, um ihn zu lecken. Dann drückte er seine Lippen auf ihre Haut und blies, was ein prustendes Geräusch machte.

„Du Mistkerl." Nell lachte und drückte gegen seinen Kopf.

Cormac lachte mit ihr, tief und dunkel, bevor er seinen Weg zwischen ihre Beine leckte und dort den gleichen Trick vollführte. Dieses Mal wölbte Nell die Hüften, ein Stöhnen entkam ihr. „Was machst du da?"

„Ich genieße dich."

Kein Gelächter mehr. Cormacs Stimme liebkoste ihren Namen, dann liebkoste seine Zunge sie. Nells Gedanken lösten sich auf einer Welle intensiver Ekstase.

„Cormac. Ich liebe dich."

Er antwortete, indem er sie mit seiner Zunge bearbeitete – er leckte sie, knabberte, küsste, saugte. Ihre Hüften bewegten sich rhythmisch. Nell bäumte sich ihm entgegen, sie brauchte ihn. Wollte ihn.

Er leckte, bis ein weiterer Höhepunkt in Wellen über sie rollte. Sie schrie erneut seinen Namen und grub ihre Finger in sein Haar.

Cormac erhob sich über sie, seine Stärke kehrte zurück. Mit einem festen Stoß drang er in sie ein. Er befriedigte sie, und es fühlte sich so *richtig* an. Er gehörte zu ihr und sie zu ihm.

Der Gefährtenbund begann als Wärme, während er sie liebte, dann wand er sich um sie, band sie zusammen, als sie wieder den Höhepunkt erreichten. Nell strich mit ihren Händen zu seinem Hintern und zog ihn an sich. Sie fühlte sich zum ersten Mal seit langer, langer Zeit vollständig. Cormacs Gewicht auf ihr, sein Körper in ihren Armen, versiegelten sie in sich selbst und in ihm.

Zwei Herzen, zwei Gefährten, ein Bund.

Ende

# DAS SCHWERT DER SHIFTER

ÜBERSETZT VON JULIA BECKER

## KAPITEL EINS

*Baile Ícín bei Dingle, Ciarraí, 1400*

„Schmied."

Ohne aufzublicken, wusste Niall, dass eine Fee – oder *Sidhe*, wie die Dorfbewohner sie nannten – zu ihm sprach. Er erkannte es an ihrem Geruch, der klebrig-süßen Note, die Menschen so unwiderstehlich fanden.

Er hob nicht mal den Kopf, sondern konzentrierte sich weiter auf seine Arbeit. Das Schmieden eines Kesselhakens war wichtiger als ein Gespräch mit einer Fee. Außerdem hieß er nicht „Schmied", und wenn sie ihn nicht einmal beim Namen nennen konnte, sah Niall nicht die Notwendigkeit einer Antwort.

„Shifter, du hast mir zu gehorchen", mahnte sie.

Niall hämmerte weiter. Wind drang durch die offene Tür, trug den Duft von Salzwasser, Fisch und sauberer Luft herein, konnte aber den Gestank der Fee nicht überdecken.

„Shifter."

„Die ganze Schmiede ist voller Eisen, Mädchen", unterbrach Niall sie. „Außerdem gehorchen Shifter den Feen nicht mehr. Ist dir das vor hundertfünfzig Jahren nicht zu Ohren gekommen?"

„Ein Zauber schützt mich vor dem Eisen. Zumindest für einige Zeit. Lange genug, um mich mit dir auseinanderzusetzen."

Ihre Stimme klang wie klares Wasser, und da seine Neugier über seinen Argwohn siegte, sah Niall schließlich auf. Eine große Frau in fließenden Seidengewändern stand auf seiner Schwelle. Die untergehende Sonne tauchte ihre Gestalt in strahlendes Licht. Ihr helles Haar war zu dünnen Zöpfen geflochten und reichte ihr bis zu den Knien, und wie alle Sidhe hatte sie dunkle Augen und kleine, spitze Ohren. Sie war von ätherischer Schönheit. Diese miesen Feenbastarde waren allerdings alle auf ihre Art schön.

Eine kalte Brise wehte von den Klippen durch die Tür, und die Frau zitterte. Niall hob die Brauen. Er hatte noch nie erlebt, dass eine Fee etwas so Normales tat wie zittern.

Er stieß das eine Ende des Hakens ins Feuer, und Funken sprühten in die Dunkelheit. „Komm schon rein, Mädchen. Sonst erfrierst du noch in deinem dünnen Kleidchen."

„Mein Name ist Alanna, und ich bin gewiss kein Mädchen mehr."

Wenn sie an Nialls Bezeichnung Anstoß nahm, musste sie noch jung sein oder sehr unbedarft. Feen lebten ewig und veränderten sich kaum noch, wenn sie erst mal erwachsen waren, daher war es schwer, ihr

Alter zu bestimmen. Sie konnte fünfundzwanzig, aber auch hundertfünfzig Jahre alt sein.

Alanna trat einige Schritte weit in die Schmiede und betrachtete dabei ängstlich die metallenen Gegenstände – den Amboss, Nialls Werkzeuge, den Haken, den er gerade bearbeitete. „Man hat mich gesandt, um dir einen Auftrag zu geben."

„Man hat dich also gesandt. Armes Mädchen. Du musst ein ganz schön hohes Tier erzürnt haben, wenn man dir die Aufgabe überträgt, in die Welt der Sterblichen zu reisen, um mit einem Shifter zu reden."

Ihr stieg die Schamröte ins Gesicht, doch ihre Stimme war noch immer voller Hochmut. „Ich bin gekommen, weil du ein Schwert schmieden sollst. Meines Wissens warst du einst ein angesehener Schwertmacher."

„Das ist lange her. Jetzt bin ich nur noch ein gewöhnlicher Schmied, der Alltagsgegenstände für die Dorfbewohner hier und auf der Großen Insel anfertigt."

„Gleichwohl wirst du dein Können nicht verlernt haben. Das Schwert soll eine Klinge aus Silber von einem Meter Länge haben. Der Griff muss aus Bronze sein."

Niall zog den Haken aus dem Feuer, legte ihn auf den Amboss und brachte das glühende Ende mit seinem Hammer in die richtige Form. „Nein", antwortete er schlicht.

„Bitte?"

Er betonte jedes einzelne Wort: „Nein, eine so närrische Waffe schmiede ich nicht für eine Fee. Für niemanden."

Alanna stand der Mund offen, was man bei Feen nicht häufig sah. Sie waren ausnahmslos gefühlskalt und brachten es normalerweise kaum über sich, mit anderen Wesen auf zivilisierte Art und Weise zu reden. Sie hatten die Shifter für die Jagd und für Kämpfe gezüchtet und betrachteten sie als Tiere, die noch eine Stufe unter den Menschen standen.

Die Frau vor ihm wirkte bestürzt, irritiert und sogar verlegen. „Doch."

„Nein."

„Du musst."

Hörte er Verzweiflung in ihrer Stimme? Niall warf den Eisenhaken wieder ins Feuer und erhob sich.

Die Fee wich zurück, und Niall unterdrückte mühsam ein Grinsen. Er hatte einen beeindruckenden Körperbau, selbst für einen Shifter, mit den starken Armen eines Mannes, der sein Leben am Amboss verbracht hatte, und er war schon immer hoch gewachsen gewesen.

Wenn er dichter an Alanna herantrat, würde sie ihm nur bis zum Kinn reichen, ihre zarten Hände ganz in seinen verschwinden. Falls er gewollt hätte, hätte er sie wie einen Zweig zerbrechen können, und der Angst nach zu urteilen, die er in ihren schwarzen Augen sah, befürchtete sie, dass er genau das jeden Augenblick tun würde.

„Hör zu, Mädchen. Geh dorthin zurück, wo immer du auch hergekommen bist, und mach allen klar, dass sich die Shifter nicht mehr herumkommandieren lassen. Wir sind nicht mehr eure Knechte, eure Jäger oder euer Vieh. Wir sind fertig miteinander." Er wandte sich wieder dem Blasebalg zu, und ihm lief

Schweiß über den nackten Rücken. „Außerdem kann man aus Silber kein vernünftiges Schwert schmieden. Dafür ist das Metall zu weich."

„Wir haben Zauber in das Metall gewebt, um es hart wie Stahl zu machen. Du wirst daraus ein Schwert schmieden wie jedes andere."

„Ach ja? Feen mögen doch gar keine Schwerter, ihr bevorzugt Bogen. Mal ganz abgesehen von euren Kupfermessern, mit denen ihr anderen Wesen das Herz aus dem Leib schneidet, zumeist, wenn es noch schlägt."

„So was machen nur die Priester und auch nur dann, wenn wir ein Opfer bringen müssen."

„*Opfer* nennt ihr das? Scheint euch im Gegensatz zu dem, der sein Herz verliert, aber kein so großes Opfer abzuverlangen."

„Das geht dich nichts an. Du musst das Schwert für mich schmieden. Wofür wir es brauchen, hat dich nicht zu kümmern."

„Da irrst du." Niall hob wieder den Haken, hämmerte ihn geschickt in die richtige Form und warf ihn in seinen Kühlbottich. Es zischte, als das heiße Metall auf das Wasser traf, und eine Dampfwolke stieg auf. „In all meinen Arbeiten steckt ein kleiner Teil von mir. Den gebe ich bestimmt nicht in ein Opfermesser, mit dem ihr hilflose Tiere, Menschen oder Shifter aufschlitzt, die euch nichts getan haben."

Sie runzelte die Stirn. „Ein Teil deiner selbst? Blut oder ein Hautfetzen …?"

„Nicht wörtlich, du ignorantes Weib. Ich weihe meine Werke nicht mit Blut wie eure Feenpriester. Ich spreche von einem Teil meiner Seele. Bei den Göttern, keine Fee soll je etwas berühren, das mir so am Herzen liegt."

Ihre Wangen glühten, nun sah sie aus, als … schämte sie sich? „Shifter, ich muss dieses Schwert beim ersten Licht mit mir zurücknehmen."

Die letzten Sonnenstrahlen des Tages fielen durch die Tür, die Frühlingsluft wurde stetig kühler. „Woher soll ich die Zeit nehmen, ein solches Schwert noch vor dem Morgengrauen zu schmieden? Das geht nicht einfach über Nacht, und ich muss mich um meine Söhne kümmern. Ich mache es nicht, Mädchen. Kehr nach Hause zurück und sag ihnen, der große, böse Shifter hat sich von dir nicht herumkommandieren lassen."

„Verflucht seist du." Alanna ballte die Fäuste, und ihre Augen blitzten. „Sind alle Shifter so verdammt widerspenstig? Ich hätte nicht gedacht, dass ich dir wehtun muss."

Niall musterte sie von oben bis unten. Feen verfügten unzweifelhaft über beachtliche magische Fähigkeiten, konnten diese jedoch in der Welt der Menschen kaum einsetzen. Sie hatten ihre Kräfte in dieser Welt aufgegeben, um sich in den Schutz ihres eigenen Reiches zurückzuziehen, während sich die Shifter angepasst hatten und geblieben waren. Doch auch hier bedienten sich Feen noch immer kleinerer Zauber, ihres Glamours und der Irreführung, um Menschen in den Tod zu locken.

„Du glaubst, du könntest mir wehtun, Mädchen? In einer Schmiede voller Eisen? Ich habe vor zehn Jahren meine Gefährtin verloren. Nichts auf der Welt könnte mir größere Schmerzen bereiten. Ich bezweifle, dass du mir Schlimmeres antun könntest, ganz gleich, wie viele Zauber du auf mich wirkst."

„Ach ja?", fragte Alanna schrill. „Was, wenn du deine Jungen verlieren würdest?"

Noch ehe ihre Worte verklungen waren, hatte Niall die Entfernung zwischen ihnen überwunden, sie an die Wand gepresst und ihr den gerade noch im Wasser abkühlenden Haken an die blasse Kehle gedrückt.

## KAPITEL ZWEI

Der Shifter war stärker, als sie erwartet hatte, und das Eisen brannte auf Alannas Haut. Der Zauber, mit dem ihr Bruder sie durch seinen mächtigsten Magier nur widerwillig hatte belegen lassen, verhinderte das Schlimmste, doch die Stange war trotzdem noch schrecklich heiß.

Der Shifter namens Niall roch nach Schweiß, Feuer, Rauch und Metall. Sein schwarzes Haar war an den Seiten rasiert und am Hinterkopf zu einem Zopf geflochten, was die hohen Wangenknochen und die kühne Nase betonte, an denen man allen Shiftern noch immer ihre Abkommenschaft von den Feen ansah. Ein dunkler Bart rahmte seine markanten Kieferknochen ein, sein Gesicht war von der beschwerlichen Arbeit in der Schmiede schweißnass. Das ließ ihn grob und animalisch aussehen. Feenmänner trugen keine Bärte, ihre Haut war glatt wie Seide, und Alanna hatte nie einen männlichen Artgenossen gesehen, der etwas so Primitives tat, wie zu schwitzen.

Solange sie die Bartstoppeln am Kinn des Shifters studierte, musste Alanna ihm nicht in die Augen sehen. Als sie die Schmiede betreten hatte, waren diese Augen grün gewesen, jetzt waren sie fast weiß und die Pupillen nur noch Schlitze wie bei einer Katze. Er *war* eine Katze, eine Raubkatze, gezüchtet durch Kreuzung mehrerer uralter Rassen, die sie jeden Augenblick in Stücke reißen würde.

Dann würden seine beiden Söhne sterben.

Nialls rasende Wut schnürte ihr ebenso die Luft ab wie die Eisenstange. „Wenn du meine Jungen anfasst, wirst du herausfinden, was Schmerz wirklich bedeutet, Feenweib."

„Wenn du tust, was ich verlange, wird ihnen kein Leid geschehen."

„Du wirst ihnen kein Haar krümmen."

„Dafür ist es zu spät. Wir haben sie bereits gefangen genommen. Schmiede das Schwert, dann erhältst du sie zurück."

Der Shifter brüllte. Sein Gesicht wurde länger, er fletschte die Zähne im jetzt tierischen Maul. Er verwandelte sich nicht vollständig, doch aus der Hand, in der er das Eisenstück hielt, sprossen fingerlange Krallen.

In diesem Augenblick verfluchte Alanna alle Shifter und alle Feen, insbesondere ihren Bruder Kieran, der ihr weisgemacht hatte, es wäre ein Leichtes, den Shifter zu unterwerfen. *Zum Schutz ihrer Welpen tun sie alles. Wir schnappen sie uns, dann liegt er dir winselnd zu Füßen.*

Niall O'Connell, Schwertschmiedemeister des Königreichs Ciarraí, winselte nicht um Gnade und lag ihr auch ganz gewiss nicht zu Füßen. Er war so erzürnt, dass er mühelos die Schmiede in Schutt und Asche legen und die Klippe, auf der sie stand, zum Einstürzen hätte bringen können.

„Schmiede das Schwert." Nun flehte Alanna ihn an. „Schmiede es, und du bekommst deine Kleinen zurück."

Nialls Gesicht nahm wieder menschliche Züge an, seine Augen aber blieben weiß und katzenhaft. „Wo sind sie?"

„Sie kommen frei, wenn du das Schwert fertig hast."

Niall drückte sie an die Wand. „Verdammt noch mal, Weibsstück, wo sind sie?"

„Im Feenreich."

Nun verwandelten sich auch die Augen des Shifters zurück und waren jetzt jadegrün und voller Kummer. Nialls Schultern sanken, doch er hielt Alanna noch immer das Eisen an die Kehle. „Dann sind sie verloren", flüsterte er.

„Nein", widersprach die Fee hastig. „Wenn du mir das Schwert gibst, bekommst du sie wieder. Er hat mir versichert, dass ihnen nichts geschieht."

„Wer? Welcher Feenbastard hat meine Kinder entführt?"

„Mein Bruder. Kieran."

„Kieran …"

„Prinz Kieran von Donegal."

„Die Legenden der Shifter erzählen von einem Mann dieses Namens. Ein teuflischer Mistkerl, dem ein Lupidrudel irgendwann ein Ende gesetzt hat. Das einzig Gute, das diese Schlächter je zustande gebracht haben."

„Mein Bruder ist sein Enkel."

„Dann bist du seine Enkelin." Niall starrte sie an. „Du scheinst nicht besonders froh darüber zu sein, dass du diesen Gang für deinen königlichen Bruder erledigen musst. Warum hat er dich geschickt?"

„Das geht dich nichts an." Kieran hatte ihr erklärt, Mitgefühl sei eine Schwäche, die man gegen einen Feind verwenden konnte. Es stand außer Frage, dass sich Kieran alle Schwächen seiner Feinde zunutze machte – genau wie die seiner Freunde.

„Fängst du jetzt damit wieder an, Mädchen? Wer garantiert mir, dass ihr meine Jungen nicht sowieso tötet, ob ich dieses Schwert nun für euch anfertige oder nicht?"

Im Versuch, den Schmerz wenigstens ein bisschen zu lindern, den das glühende Eisen an ihrem Hals verursachte, rutschte Alanna ein winziges Stück zur Seite. „Du hast mein Wort."

„Was nützt mir das?"

„Wenn deinen Kindern etwas geschieht, darfst du dich an mir rächen. Ich überbringe nicht nur den Auftrag. Mein Bruder hat mich als Unterpfand zu dir geschickt."

───✧───

Obwohl er tief in seinem Schmerz und seinem Kummer verstrickt war und schreckliche Angst um seine Söhne hatte, kam Niall nicht umhin zu erkennen, wie mutig die Fee war. Er hätte sie an Ort und Stelle töten können, und das wusste sie. Sie hatte ihm ihr Leben im Austausch für das seiner Kinder angeboten, obwohl sie sich darüber im Klaren war, dass ein Shifter, dessen Junge bedroht wurden, gefährlicher war als ein Vulkanausbruch. Zudem vermutete Niall, dass der erkaltete Haken ihr wehtat, auch wenn sie behauptet hatte, ein Zauber schütze sie vor Eisen.

Langsam entfernte er ihn von ihrer Kehle. Sie rieb sich den Hals. Wenigstens hatte das Metall kein Brandmal auf ihrer Haut hinterlassen.

Niall unterdrückte sein Mitgefühl. Sie und ihr Bruder hatten seine Söhne entführt, Marcus und Piers, die erst zehn und zwölf Menschenjahre alt waren.

Er sah an ihr vorbei in die dräuende Nacht, in den Nebel, der über dem Klippenpfad aufstieg, zur Großen Insel, die sich vor dem blutroten Himmel abzeichnete. „Mein Jüngster, Marcus, angelt gerne", sagte er. „Mit einer Rute und einem Haken, wie die Menschen. Kann er angeln, wo ihr ihn hingebracht habt?"

Alanna schüttelte den Kopf. „Die Jagd und das Fischen sind Kieran vorbehalten."

„Meine Gefährtin, meine Liebste, starb bei seiner Geburt. Sie war eine wunderschöne Frau, meine Caitlin, so groß und stark." Niall musterte Alanna. „Ganz anders als du."

„Das kann ich mir vorstellen."

Shifterfrauen waren für gewöhnlich genauso groß wie ihre Männer. Sie konnten schnell rennen, waren wild im Bett und lachten viel. Caitlin war immer fröhlich gewesen.

„Piers ist anders. Er arbeitet gern mit den Händen. Irgendwann wird er Schmied werden, wie ich. Er mag es, wenn das Eisen im Feuer rot glüht und er es nach seinem Wunsch formen kann. Er hätte es geliebt, mir dabei zuzusehen, wie ich das Schwert schmiede."

Alanna blickte ihn nur schweigend an.

Niall wusste, warum er ihr all das erzählte. Er ließ sich von seiner Trauer überwältigen. Tief im Herzen war ihm klar, dass Prinz Kieran seine Söhne niemals freilassen würde. Feen hielten nie Wort. Niall konnte dann zwar Vergeltung für den Mord an seinen Kindern üben und Alanna töten, doch das wäre keine Genugtuung. Er wäre dann ganz allein auf der Welt. Ohne Gefährtin, ohne Junge, ohne Rudel.

Niall lebte am Rand des Menschendorfs namens Baile Ícín, weil alle Mitglieder seines Rudels und seines Clans bereits gestorben waren. Shifter heirateten in andere Clans ein, doch es gab nicht mehr genug Weibchen für alle Männchen und insgesamt nur noch wenige Clans. Die Shifter starben langsam, aber sicher aus.

„Dann schmiedest du das Schwert?", fragte Alanna und riss ihn damit aus seinen Gedanken.

Es machte ihn wütend, dass sie so darauf beharrte. „Was bleibt mir denn anderes übrig?"

Ihr Blick wurde sanfter. „Es tut mir leid."

Eine Fee empfand Mitleid mit ihm? Spielte die Welt denn heute vollkommen verrückt?

„Es wird dir noch mehr als leidtun, Mädchen. Wenn meinen Jungen auch nur ein Haar gekrümmt wird, wirst zunächst du es büßen. Dein Bruder allerdings danach noch viel mehr. Jetzt zeig mir schon dieses verdammte Silber, damit ich anfangen kann."

## KAPITEL DREI

Es war etwas vollkommen anderes, ein Schwert zu schmieden als die praktischen Gegenstände, die Niall normalerweise für die Dorfbewohner anfertigte. Er musste Alanna nicht fragen, warum sie ausgerechnet ihn für diese Aufgabe auserkoren hatten, denn das wusste er bereits.

Niall O'Connell war einst ein Schwertschmiedemeister gewesen, ehe Ciarraí durch die verdammten Engländer zur Grafschaft geworden war. Während des letzten Krieges zwischen Feen und Stiftern hatte er eindrucksvolle, todbringende Waffen hergestellt. Die Shifter hatten den Krieg gewonnen, doch Niall wusste, dass dabei vor allem Glück im Spiel gewesen war – die Feen hatten schon zuvor Macht in der Welt der Sterblichen eingebüßt, und die Shifter hatten letztlich dafür gesorgt, dass sie sich in ihre Reiche zurückziehen mussten.

Es kam nicht oft vor, dass Shifter unterschiedlicher Clans oder verschiedener Spezies zusammenarbeiteten, doch in diesem Krieg hatten Lupide, Felide und Urside Seite an Seite gekämpft. Die Feen hatten sich am Ende geschlagen gegeben und waren in das Reich hinter dem Nebel verschwunden.

Wobei sie in Wirklichkeit nicht einfach verschwunden waren. Die Feen hatten eine Spur der Verwüstung hinterlassen, auf ihrem Weg getötet, Feuer gelegt und geplündert. Sie scherten sich nicht darum, ob es sich bei ihren Opfern um Kinder, Mütter oder Menschen handelte, die einfach nur zur falschen Zeit am falschen Ort waren.

Niall bewahrte die Werkzeuge, die er für die Anfertigung von Schwertern brauchte, in einer Truhe im hinteren Teil der Schmiede auf. Er hatte sie seit Jahren nicht angerührt. Kopfschüttelnd nahm er Zangen, Hammer, Schleifstein und Meißel heraus. Es war töricht, das Schwert nicht aus gutem, hartem Stahl zu schmieden, sondern aus Silber, auch wenn die Fee behauptete, die Zauber würden das Material härten. Natürlich konnte er es trotzdem herstellen, aber es würde höchstens zur Zierde taugen.

Er dachte kurz darüber nach, den Griff mit Eisen zu verunreinigen, damit er jede Fee, die ihn berührte, unweigerlich schwächte, doch Niall wusste, diese List hätte den Tod seiner Söhne nur noch wahrscheinlicher gemacht. Er glaubte allerdings auch nicht daran, dass der Feenprinz ihn am Leben lassen würde. Wenn er auftauchte, um ihn zu töten, würde Niall zuerst die Feenschlampe erledigen. Prinz Kieran würde den Tod seiner Schwester mit ansehen müssen, ehe er dem Schmied ein Ende setzte.

Während er das Metall, das sie mitgebracht hatte,

mit dem Hammer bearbeitete, warf Niall ab und zu einen Blick auf Alanna. Sie hatte einen Schemel gefunden und sich neben das Feuer gesetzt. Sie schien zu frieren, war vermutlich das raue Klima der Westküste Irlands nicht gewöhnt. Er hatte gehört, in den Feenreichen sei es immer verhangen und dort wehe nie Wind. Deshalb trug sie nur ein dünnes Seidengewand und hatte das Haar zwar zu Zöpfen geflochten, aber nicht zusammengebunden. Feenfrauen mussten sich mit ihrer Haartracht nicht nach dem Wetter richten.

Nach ein paar Blicken merkte er, dass sie gar nicht geistesabwesend in die Schmiede starrte oder ihm beim Hämmern zusah. Vielmehr musterte sie ihn selbst.

Ihr Blick wanderte über seinen bloßen Rücken und seine Armmuskeln, als habe sie nie zuvor einen halb nackten Mann gesehen. Wahrscheinlich stimmte das sogar. Die Feen waren ein leidenschaftsloses Volk, sie mochten keinen Körperkontakt, zogen Gewänder, Schmuck und anderen Tand dem Anblick bloßer Haut vor. Zu etwas derart Vulgärem wie dem Geschlechtsakt ließen sie sich nur selten herab – körperliche Gelüste verabscheuten sie fast so sehr wie Eisen. Shifter hingegen liebten die Paarung und ihre Kinder, die ihnen das Kostbarste auf der Welt waren, da nur so wenige von ihnen überlebten.

„Bist du noch Jungfrau, Mädchen?", fragte Niall.

Alanna fuhr zusammen. „Bin ich was?"

„Jungfrau. Wenn das nicht zu viel für deine keuschen Ohren ist, wüsste ich gerne, ob du noch eine bist."

„Nein."

Interessant. Feenfrauen ließen sich nur dann mit

ihren männlichen Artgenossen ein, wenn es sich nicht vermeiden ließ. „Dann hast du einen Geliebten? Einen Mann?"

„Nein." Sie klang plötzlich verärgert. „Das geht dich nichts an."

„Das sagst du gerne, Mädchen. Hast du ein *gasún*?"

„Ein Kind? Nein." Wieder schwang Ärger in ihrer Stimme mit.

„Tut mir leid, Süße."

„Warum?"

„Das muss schlimm für dich sein."

Wenn eine Shifterfrau kinderlos blieb, war sie untröstlich. So gefährlich die Geburt von Jungen auch für Shifter sein mochte, die Weibchen gingen das Risiko nur allzu gerne ein, Nachwuchs auf die Welt zu bringen. „Aber ich schätze, Feenfrauen haben in diesem Punkt nicht viel mit Shifterfrauen gemein." Die Feen lebten so lange, dass sie nicht viele Kinder bekamen. Wenn sie Nachkömmlinge wollten, stahlen sie sie häufig von den Menschen, statt ihnen selbst das Leben zu schenken, und zogen sie als treue kleine Sklaven groß.

„Es ist schlimm für mich", antwortete Alanna.

Niall sah den Schmerz in ihren Augen. In ihrem eleganten Gewand, das bereits voller Staub und Rußflecken war, wirkte sie in seiner Schmiede völlig fehl am Platz. Er hätte es nicht für möglich gehalten, je Mitleid mit einer Fee zu haben, doch ihr Gram war nicht gespielt.

„Wollte dein Geliebter kein Kind?", fragte er behutsam.

„Mein Geliebter, wie du ihn nennst, ist tot." Alanna

biss die Zähne zusammen, ihr Kiefer bewegte sich kaum beim Sprechen. „Wir haben versucht, ein Kind zu bekommen, doch ich weiß nicht einmal, ob es überhaupt möglich gewesen wäre."

„Feen können gebären. Ich habe schon Kleine gesehen." Leider waren die noch grausamer als die Erwachsenen.

„Mein Geliebter war ein Mensch."

Verblüfft hielt Niall inne. „Ein Menschenmann? Lass mich raten. Ein Sklave?" Er konnte seine Empörung nicht verbergen.

„Ein Gefangener, ja." Sie sah ihm trotzig in die Augen. „Aber nicht meiner."

„Oh, dann ist es natürlich nicht so schlimm. Wem hat er dann gehört? Deinem königlichen Bruder?"

„Ja. Aber das ist schon lange her."

Sie hatte einen Sklaven ihres Bruders zum Geliebten genommen. Ein typisches Beispiel für die Grausamkeit der Feen, wäre da nicht der Kummer in ihren Augen gewesen. Den bildete er sich nicht ein.

Er widmete sich wieder dem Metall. „Wie lange?", fragte er.

„Hundert Jahre."

„Hast du den Mann geliebt? Oder nur so getan?"

Sie schwieg so lange, dass Niall ein weiteres Mal den Kopf hob. Sie funkelte ihn an. „Hast du denn deine Gefährtin geliebt?", wollte sie giftig wissen.

„Ich werde mich nicht für meine Frage entschuldigen, Feenfrau. Immerhin zwingst du mich, dem Schweinehund zu helfen, der meine Kinder entführt hat. Die Antwort auf deine ist Ja. Ich habe sie geliebt – mehr als mein Leben."

„Das ist auch meine Antwort."

Sie sah ihm noch immer unverwandt in die Augen. Der Schmerz in ihrem Blick war echt, genau wie die Einsamkeit, die sie ausstrahlte, und sie schien sich für keines von beidem zu schämen.

Niall schwang wieder den Hammer. Nach einer Weile fragte er: „Was ist mit diesem Menschenmann passiert, der die Liebe einer Fee errungen hatte?"

„Mein Bruder hat ihn ermordet."

Niall hielt inne. „Derselbe Bruder, der dich hergeschickt hat? Weswegen?"

„Weil Dubhán es gewagt hatte, mich anzufassen."

„Der Mann war dein Sklave, Süße. Er wird keine Wahl gehabt haben."

Alannas Antlitz versteinerte wieder. „Du siehst alles durch die Augen eines Shifters. Dubhán war der Sklave meines Bruders, also glaubst du natürlich, ich hätte ihn in meine Dienste gezwungen. Ich habe dir doch schon gesagt, dass ich ihn geliebt habe. Ich habe ihn befreit, bin mit ihm in die Welt der Menschen geflohen, wo wir als Paar gelebt haben. Bis mein Bruder uns gefunden hat."

„Du hast dich aus dem Feenreich geschlichen, um die Geliebte eines Menschen zu werden?" Niall kam aus dem Staunen gar nicht mehr heraus, und sein Respekt vor ihr wuchs stetig. „Du bist eine erstaunlich mutige Frau."

„Wie sich herausstellte, war ich nichts weiter als eine Närrin. Ich hätte ihn gehen lassen und nicht versuchen sollen, bei ihm zu bleiben. Den Sklaven hätte Kieran mit der Zeit einfach vergessen, doch mir hat er nie verziehen, dass ich mich von einem minderwertigen Wesen habe berühren lassen."

„Deshalb hat er dich als Unterpfand zu einem Shifter geschickt."

„Ich bin in Ungnade gefallen und nun die Gefangene meines Bruders. Mir bleibt nichts anderes übrig, als seinen Wünschen zu folgen."

„Hat er keine Angst, dass du in der Menschenwelt ausreißt und ihm entfliehst?"

Alanna zuckte die Achseln. „Ich habe keinen Ort, an den ich mich flüchten könnte, und kann mich im Gegensatz zu euch Shiftern auch nicht als Mensch ausgeben. Der Zauber, der mich vor Eisen schützt, wird nachlassen." Sie erschauerte. „Außerdem ist es hier so schrecklich kalt."

Niall stand auf, holte den Wollumhang, den er achtlos beiseite geworfen hatte, als er sich an die Arbeit gemacht hatte, und legt ihn ihr um. Sie sah erstaunt auf und zuckte zurück, als er ihre Hand streifte.

Er hatte sie für zu dünn gehalten, als sie an seiner Tür erschienen war, doch nun sah er, dass das weite, fließende Gewand sie schlanker erscheinen ließ. Sie hatte runde, volle Brüste, ihre Taille war schmal, ihre Hüften dafür ausladend. Sie hatte ein zartes Gesicht, etwas zu spitz für Nialls Geschmack, doch ihre dunklen Augen zogen ihn in ihren Bann. Ihre Zöpfe betonten die spitzen Ohren, die bei näherer Betrachtung gar nicht so seltsam und unnatürlich aussahen. Sie war aus Fleisch und Blut, nicht aus kaltem Marmor, und ihre Haut nahm dank der Wärme des Feuers und des Umhangs langsam wieder Farbe an.

„Du könntest sehr wohl als Mensch durchgehen", sagte Niall auf dem Weg zurück zu seiner Arbeit.

„Kaum. Sieh mich doch an."

„Das habe ich gerade." Niall nahm die glühend heiße Stange mit der Zange aus dem Feuer und bearbeitete das schnell auskühlende Metall. „Wenn du die Haare offen ließest, um deine Ohren darunter zu verbergen, und Menschenkleidung statt dieses Firlefanzes trügest, würde niemand zweimal hinsehen."

Er dachte darüber nach und drehte dabei die Stange. „Doch, die Männer würden zweimal hinsehen, weil du eine schöne Frau bist, aber wenn du es nicht gerade in die Welt herausposaunst, würden sie bestimmt nicht merken, dass du eine Fee bist. Die meisten Menschen glauben sowieso nicht mehr an euch. Sie tun so, meiden nachts Steinkreise und stellen Milch vor die Tür, um die Hausgeister milde zu stimmen, aber tief in ihrem Herzen glauben sie nur noch an harte Arbeit, Erschöpfung und Gott. Möge er ihnen helfen."

„Du machst dir etwas aus ihnen", bemerkte Alanna überrascht. „Aber du bist doch ein Shifter."

„Du hast selbst schon Zeit in der Welt der Menschen verbracht, und dabei wird dir aufgefallen sein, dass es nicht gerade vor Shiftern wimmelt. Wir mögen stärker und gerissener sein als die Menschen, uns in wilde Tiere verwandeln können, wenn wir wollen, doch ohne sie können wir trotzdem nicht überleben."

„Wissen die Menschen in diesem Dorf, dass du ein Shifter bist?"

Niall zuckte die Achseln. „Sie wissen, dass ich

anders bin, aber wie gesagt, sie glauben nicht mehr so richtig daran, dass es andere Wesen gibt. Sie wissen allerdings, dass ich ein guter Schmied bin und dass die Dörfer in dieser Gegend in Frieden gelassen werden, seitdem ich hier wohne."

„Du bist gut zu ihnen."

„Es geht ums Überleben. Wir helfen einander. Nur so können die Shifter überdauern."

„Die Feen haben sich lieber zurückzogen", sagte Alanna mehr zu sich selbst und erwartete darauf augenscheinlich keine Antwort. „Wir sind in die Nebel des Feenreichs gewandert."

„Ja."

Alanna verstummte, doch es fiel Niall schwer, sich auf seine Arbeit zu konzentrieren, und das lag nicht nur an ihrem unverkennbaren Feengeruch, der ihm jetzt gar nicht mehr so furchtbar vorkam. Möglicherweise gewöhnte er sich langsam daran.

Er spürte ihre Anwesenheit wie ein warmes, helles Licht – ihre Schönheit, ihren Kummer, ihren Mut, der sie zu ihm geführt hatte, obwohl sie hier höchstwahrscheinlich ihr Leben verlieren würde. Feenprinzen konnten verdammt fiese Bastarde sein, und dass sie Kieran getrotzt hatte, um mit einem Menschensklaven zusammen zu sein, verriet viel über sie.

Sobald das Metall dünn genug war, erhitzte Niall es erneut, um ihm die richtige Form zu verleihen. Als er die Klinge auf den Amboss legte und nach seinem Hammer griff, spürte er ihren Atem auf seiner Schulter.

„Warte."

„Das Metall ist heiß, Mädchen. Es wartet nicht auf dich."

„Ich muss einige Zauber hineinweben."

Er kniff die Augen zusammen. „Wofür braucht ihr das Schwert? Für Rituale, nicht zum Kämpfen, das ist mir klar, aber was sind das für Zeremonien?"

„Das weiß ich selbst nicht genau."

Niall ballte die Faust um den Stiel des Hammers. „Lüg mich nicht an. Wenn du es mit Zaubern belegst, weißt du auch, wofür sie gut sind."

„Ich darf es dir nicht sagen. Wenn ich es dir verrate, werden deine Söhne sterben."

„Das werden sie ohnehin, und das weißt du so gut wie ich. Sag mir einfach nur, ob er mit diesem Schwert Shifter quälen will."

Alanna antwortete nicht, doch ihr Blick sprach Bände. Er sah darin Schuld, Schmerz, Kummer und Zorn.

Es klirrte laut, als Niall das Metall vom Amboss fegte. Er setzte sich auf den Boden und ließ den Hammer achtlos fallen. „Ich soll eine für Shifter tödliche Waffe schmieden, um meine Söhne zu retten? Was seid ihr nur für Monster?"

Alanna sank neben ihm auf die Knie, die Seide ihres Kleides raschelte. „Niall aus Baile Ícín, bitte vertrau mir. Schmiede das Schwert. Dann wird alles gut werden."

Niall knurrte: „Dein verfluchter Bruder wird meine Söhne töten, sobald er dieses verdammte Stück Metall in den Händen hält. Er weiß, dass ich dir dann aus Rache das Leben nehme, doch danach wird er mich töten und über die ganze Sache lachen. So und nicht anders wird es sich abspielen."

Alanna schüttelte den Kopf, und ihre Zöpfe berührten seine nackten Schultern. „Nicht, wenn du mir vertraust. Ich kann dir nicht alles erklären, aber du musst das Schwert genau nach meinen Vorgaben fertigen." Sie legte ihm eine Hand auf die Schulter, obwohl Feen eigentlich keine Berührungen mochten. „Bitte."

„Warum sollte ich dir trauen? Weil du früher einmal das Lager mit einem Menschen geteilt hast? Willst du mir weismachen, du seist seither eine durch und durch barmherzige Fee?"

„Weil ich einen Eid geleistet habe. Ich werde nicht zulassen, dass deinen Kindern ein Leid geschieht. Das verspreche ich."

Feen konnten andere Wesen verzaubern und in ihren Bann ziehen. Niall wusste das aus erster Hand. Doch Alannas flehender Blick war anders als der, mit dem ihre Artgenossen die Shifter einst geknechtet hatten. Feen verwirrten einem damit die Sinne, dass sie einfach zu strahlend schön waren, zu begehrenswert und dass sie ihre Opfer um den Verstand brachten, bevor die auch nur merkten, was mit ihnen geschah. Alanna versetzte Niall weder in einen Rausch, noch machte sie ihn benommen. Er war wütend und elend, müde und traurig.

Wenn ein Shifter jemanden verlor, den er liebte, zog er sich aus seinem Rudel zurück, um mit seinem Leid allein zu sein. Niall glaubte, dass dieser Instinkt dem Überleben der Gruppe diente, denn der Betroffene war meist so tief in seiner Trauer versunken, dass er weder kämpfen noch jagen oder essen konnte. Eine

Raubkatze, ein Wolf oder ein Bär konnten zur Bedrohung für das eigene Rudel werden, wenn sie sich weigerten zu kämpfen, deshalb hielten sie Abstand, bis das Schlimmste vorbei war. Oder sie starben.

Alannas Hand auf Nialls Schulter fühlte sich kühl an und gab ihm das Gefühl von Trost, nach dem er sich instinktiv sehnte. Ihre Finger ruhten wohltuend auf seiner glühenden Haut, und sie roch auch nicht mehr widerlich süß, sondern eher wie frische Minze.

„Bitte", flehte sie ein weiteres Mal.

Niall stand auf und zog sie mit sich hoch. „Du verlangst viel von mir."

„Ich weiß."

Alannas Augen waren gar nicht schwarz, wie er angenommen hatte, sondern tiefbraun mit schwarzen Sprenkeln. Sie wirkten nur wegen ihrer weiten Pupillen dunkler. Ihr Haar schien aus dünnen Fäden von Weißgold zu bestehen, einem Metall, das so empfindlich war, dass es durch bloße Berührung brechen konnte.

Niall trat einen Schritt zurück, griff nach dem halb fertigen Schwert und stieß es wieder ins Feuer. „Du setzt dein Leben darauf, dass ich dir vertraue?"

„Ja", entgegnete sie. „Wirst du es tun?"

Niall zuckte wieder die Achseln, während sich seine Eingeweide zusammenzogen. „Mir scheint nichts anderes übrig zu bleiben, oder?"

Sie lächelte ihn voller Erleichterung an. „Danke."

Niall widmete sich wieder dem Schwert und wünschte, ihr Lächeln würde ihn nicht von innen heraus wärmen.

## KAPITEL VIER

Alanna hielt die Hand über die rot glühende Klinge, die Niall in der Zwischenzeit wieder auf den Amboss gelegt hatte, und spürte die aufsteigende Hitze auf ihrer Haut. Sie flüsterte die Worte des Zaubers und sah zu, wie sich die verschlungenen Runen der Feen ins Metall brannten, ehe sie wieder verschwanden.

Niall vertraute ihr nicht. Dazu konnte sie ihn auch nicht zwingen, doch sie war erleichtert, dass er sie wenigstens die Zauber wirken ließ. Mehr konnte sie nicht von ihm verlangen, ohne Angst haben zu müssen, dass Kieran herausfand, was sie in der Menschenwelt trieb.

Niall bearbeitete das Schwert erst mit seinem Hammer, nachdem die Runen verschwunden waren, genau wie sie es ihm erklärt hatte, dann stieß er die Waffe wieder in die Glut. Diese Prozedur wiederholten sie einige Male – Niall formte die Klinge, Alanna wirkte ihre Zauber.

Sie arbeiteten Seite an Seite, Schulter an Schulter, waren von der Hitze des Feuers schweißüberströmt und keuchten vor Anstrengung. Es kostete viel Kraft, viele Zauber hintereinander zu wirken, besonders, wenn sie derart mächtig waren und so weitreichende Folgen hatten. Alanna legte nach kurzer Zeit den Umhang ab und schob sich die Ärmel hoch.

Der beißende Geruch nach Shifterschweiß schien ihr nicht mehr viel auszumachen. Niall besaß einen, wenn man so wollte, vertrauenswürdigen Duft, der von harter Arbeit und aufrichtiger Zuneigung zeugte. Dass er eine schützende Hand über die Menschen in seinem Dorf hielt, genau wie über seine Kinder, würde Alanna ihrem Bruder verschweigen. Wenn Kieran erfuhr, dass Niall die Dorfbewohner wichtig waren, würde er sicherlich einen Weg finden, das gegen den Shifter zu verwenden.

Irgendwann verkündete Niall, das Schwert müsse auskühlen, stieß es in einen Eimer voller Asche, wischte sich den Schweiß aus dem Gesicht und nahm Alanna mit aus der Schmiede. Der Trampelpfad vor dem Haus führte dicht an den Klippen entlang, Nialls Werkstatt lag am Ende der Hauptstraße – wenn man den schlammigen Weg, der sich zwischen den Häusern hindurchschlängelte, denn als Straße bezeichnen konnte. Unter ihnen tobte das westliche Meer, und der Mond schien auf die dunklen Umrisse der nahe gelegenen Insel.

Alanna befürchtete zunächst, Niall habe sie aus fragwürdigen Gründen so dicht an die Klippen geführt – vielleicht wollte er sie ja hinunterstoßen und sich so der lästigen Fee entledigen –, doch er stand einfach nur da, ließ den Blick über den dunklen Ozean schweifen und atmete in tiefen Zügen die frische Luft ein.

„Dir ist klar, dass wir niemals rechtzeitig fertig werden?", fragte er. „Die Klinge eines Schwertes muss mehrfach erhitzt werden und zwischendurch immer wieder abkühlen, damit das Metall hart wird. Wenn das geschehen ist, muss ich sie schleifen und dann noch den Griff anfertigen."

„Du wirst es schaffen."

„Du klingst ziemlich überzeugt."

„Meine Zauber härten das Metall schneller als deine übliche Vorgehensweise", erläuterte sie. „Wenn wir zurückkehren, wirst du die Klinge bereits schleifen können."

„Ich bin noch nicht bereit zurückzugehen."

Vom Meer schlug ihnen ein eiskalter Wind entgegen, zerrte an Nialls kurzem Zopf. Mit seinem nackten Oberkörper musste Niall ziemlich frieren. Selbst im bleichen Mondlicht waren seine Augen grün, nicht blass, wie wenn sein Tier hervortrat.

Als er ihr die große, raue Hand in den Nacken legte, zuckte Alanna nicht einmal zusammen. Sie hatte Berührungen verabscheut, bis sie Dubhán getroffen hatte. Was für eine seltsame Fee sie doch war, dass sie sich in einen Menschen verliebt hatte und jetzt nicht einmal mehr Anstoß daran nahm, wenn ein Shifter sie an sich zog.

Nialls Gesicht war schmutzig und rußverschmiert, sie musste aber mittlerweile genauso aussehen. Sein gestählter Körper schützte sie vor dem Wind, und sie schmiegte sich in seine Arme, als er sie an sich zog und ihre Lippen sich trafen.

Seine Küsse waren noch inniger als die Dubháns. Entschieden drang er in ihren Mund, seine Bartstoppeln rieben über ihre Haut. Er schmeckte urtümlich, nach dem wilden Land Éire, ein wenig nach Ale und nach sich selbst.

Niall wich zurück, und Alanna zitterte, sehnte sich nach seiner Wärme. Jetzt stand sie wieder mitten im Wind, doch sie merkte es kaum.

„Das könnte unsere letzte Nacht sein", sagte er. „Die letzte Nacht unseres Lebens."

„Ja."

Niall küsste ihre Lippen, ihre Wangen, ihren Hals. „Vielleicht hast du einen eurer Feenzauber auf mich gewirkt, aber ich sehne mich danach, in dieser letzten Nacht mein Bett mit dir zu teilen."

Sie nickte atemlos. „Ja."

„Du glaubst auch, dass es unsere letzte Nacht auf Erden ist? Oder stimmst du zu, das Bett mit mir zu teilen?"

„Beides."

Er umschloss ihr Gesicht mit beiden Händen. „Bist du dir sicher, Alanna?"

„Ja. Vollkommen."

Niall nahm ihre Hand. Die Nacht war bitter kalt, doch als er seine Finger um ihre schloss, war Alanna mit einem Mal ganz warm. Ihr Herz raste. Sie wusste, es war töricht, mit ihm zu gehen, doch das war ihr egal. Wenn sie das Schwert nicht rechtzeitig vollendeten, würden sie, Niall und seine Kinder sterben. Also konnten sie sich in ihrer letzten Nacht genauso gut aneinander erfreuen.

Niall führte sie hinter die Schmiede zu einer

schmucken Hütte mit einem kleinen Garten. Sie sah Hinweise auf seine Jungen – kleine Stiefel, verstreut liegende Werkzeuge und halb fertige Schnitzereien, Tiere, an denen seine Söhne gearbeitet hatten, als Kierans Männer sie gefasst hatten.

Niall vermied den Anblick der Schnitzereien, als er Alanna zunächst in die Hütte und dann ins Obergeschoss führte, wo Pritschen für die Nacht bereits ordentlich mit Stroh bedeckt waren. Er zog sich aus, ohne ein Wort zu sagen. Sein ausgesprochen muskulöser Körper entsprach einem männlichen Schönheitsideal, das zum Teil der Natur, zum Teil den Feen geschuldet war. Sie hatten die Shifter gezüchtet und dafür gesorgt, dass sie außerordentlich stark, schnell und widerstandsfähig und dabei auch noch attraktiv waren.

Er stemmte die Hände in die Hüften und schämte sich augenscheinlich nicht dafür, dass sie sein Verlangen deutlich erkennen konnte. „Willst du dich nicht ausziehen?"

Alanna nestelte an den Bändern, mit denen ihr Kleid auf komplizierte Art und Weise geschnürt war, dann fiel es einfach zu Boden. Es freute sie, dass Niall offenbar großen Gefallen an ihrem entblößten Körper fand und sie nicht voller Ekel oder Gleichgültigkeit betrachtete, wie man es von einem Shifter vielleicht hätte erwarten können. Sein Blick wanderte über ihre Brüste, seine Augen waren dunkel und voller Wärme.

Alanna trat auf ihn zu. Er fuhr ihr mit den Fingern durch die Zöpfe und neigte ihren Kopf nach hinten, um sie leidenschaftlich zu küssen. Seine Erektion stieß gegen ihren Bauch, und sie spürte das volle Ausmaß seiner Erregung. Sie hatte bereits davon gehört, dass Shiftermänner besser bestückt waren als Menschen oder sogar Feen, und in diesem Augenblick wusste sie, dass die Gerüchte wahr waren.

Niall umschloss ihre Brust mit seiner riesigen, von der Arbeit rauen Hand und strich ihr mit dem Daumen über die Brustspitze. Er küsste sie auf den Hals, knabberte ein bisschen daran und suchte dann wieder ihren Mund.

Alanna hatte Dubhán geliebt, sie würde ihn immer lieben. Der Gedanke, dass ihre Liebe zu ihm für seinen Tod verantwortlich war, hatte sie ein Jahrhundert lang verfolgt. Dieser Shifter aber würde sich den Männern ihres Bruders nicht einfach ergeben, würde kämpfen, statt zu kapitulieren. Niall hätte sie auf der Stelle töten können, als sie ihm verkündet hatte, dass Kieran seine Jungen entführt hatte, doch stattdessen hatte er ihr sein Vertrauen geschenkt – vielleicht nicht sein uneingeschränktes Vertrauen, zumindest aber seine Hoffnung.

Niall hob sie hoch und setzte sie vorsichtig auf das Lager. Zusammen mit ihr streckte er sich darauf aus, bedeckte ihren Leib mit seinem warmen Körper.

„Du bist so schmal", flüsterte er. Er umschloss ihr Handgelenk. „Siehst du, was ich meine? So zart."

„Ich bin stärker, als du glaubst."

„Das weiß ich. Du besitzt die Stärke der Feen, die mir allerdings noch nie in einem so wunderschönen Körper begegnet ist."

Versuchte er wirklich, ihr Herz zum Schmelzen zu bringen? Der große, starke Shifter, in dessen Augen sie so viel Einsamkeit und Kummer sehen konnte? In diesem Moment wollte sie ihn einfach nur festhalten und ihm den Schmerz nehmen.

Niall dagegen hatte etwas ganz anderes im Sinn als das Heilen seiner seelischen Wunden. Sanft schob er ihr die Schenkel auseinander und drang in sie.

Alannas Augen weiteten sich, als er sie ausfüllte. Er war so groß und fühlte sich dennoch so gut an. Es war ein Wunder, dass ein riesenhaftes, ungestümes Tier von einem Shifter so zärtlich sein konnte.

Er wurde nicht gröber, als er den uralten Rhythmus fand, den Kopf senkte und ihm sein Zopf über die Schulter fiel. Alanna packte seine Hüften und gab ihm mit Händen und Mund zu verstehen, dass er nicht allzu vorsichtig mit ihr umgehen musste. Niall stöhnte und wurde schneller, küsste sie bei jedem einzelnen Stoß.

Alanna verfiel kurz vor ihm in Ekstase. Gemeinsam erreichten sie mit einem Schrei den Höhepunkt, bäumten sich auf, küssten einander, keuchten und rangen nach Atem. Dann schmiegten sie sich aneinander, und Niall liebkoste ihr Gesicht, ihren Hals, ihre Lippen.

„Siehst du?", flüsterte Alanna. „Ich halte das aus."

„Zweifellos, Liebes. Genau wie ich. Das spürst du ja selbst."

„Willst du damit sagen, dass du noch nicht genug hast?"

Niall lächelte und leckte ihr über die Unterlippe. „Noch lange nicht, Liebste. Noch lange nicht."

Er begann von Neuem, sie zu liebkosen, diesmal aber verspielter. Obgleich sie wusste, dass er recht hatte, dass dies vielleicht ihre einzige gemeinsame

Nacht bleiben würde, und trotz ihres Verdrusses über ihre früheren Entscheidungen zog Alanna ihn an sich und überließ sich seiner Liebe.

∽

Alanna erwachte eine Stunde später, als Niall das Bett verließ. Sie lag in dem warmen Nest, das sie geschaffen hatten, und genoss den Anblick seines Gesäßes, als er sich bückte, um sein Hemd aufzuheben. Ihre Blicke trafen sich, als Niall sich wieder aufrichtete, um es anzuziehen.

Seine Augen verwandelten sich kurz in die der Raubkatze in seinem Inneren, ehe sie wieder dunkelgrün wurden. „Du bist unheimlich schön." Er beugte sich zu ihr, um sie mit seinen warmen Lippen zu küssen.

Sie genoss die Liebkosung. „Wohin gehst du?"

„Das Schwert wird sich nicht von allein zu Ende schmieden, Liebste. Es wird aber vermutlich ohnehin keine besonders gute Waffe, weil wir sie so schnell anfertigen."

„Meine Zauber werden sie stärken." Es konnte nur klappen, wenn die Handwerkskunst des Shifters und die Magie der Fee zusammenwirkten.

Niall ging die Treppe hinunter, und Alanna hörte, wie er ein Feuer entfachte und mit Geschirr hantierte. Sie zog sich ihr Kleid an und folgte ihm ins Erdgeschoss, wo er gerade Ale, Brot und einen harten Käselaib vor sich ausbreitete.

„Lass mich das machen", sagte sie, als er gerade eine Scheibe Brot abschneiden wollte. „Geh in die

Schmiede, ich bringe dir Frühstück." Niall hob die Brauen, und sie lächelte. „Ich habe Dubhán immer Frühstück gemacht. Er war auch erstaunt, dass ich das kann."

Niall zuckte die Achseln, legte das Messer weg und küsste sie auf die Wange. Sie drehte den Kopf, damit ihre Lippen sich trafen, da sie fest entschlossen war, die kurze Zeit, die ihnen blieb, in vollen Zügen zu genießen. Dabei schloss sie aus Versehen die Hand um das Messer und keuchte auf.

„Verflucht!" Alanna betrachtete ihre versengten Finger. „Die Wirkung des Zaubers lässt nach." Sie lutschte an ihren Fingerspitzen.

Niall nahm das Messer und schnitt geschickt Brot und Käse auf. „Welche Werkzeuge hast du benutzt, als du in der Menschenwelt gelebt hast?"

Sie nahm die Hand aus dem Mund. „Dubhán hat Messer aus Kupfer und Bronze besorgt, die mir nichts anhaben konnten."

„Du musst zurück ins Feenreich."

„Erst, wenn das Schwert fertig ist."

Sie musterten einander wie Feinde, die ihre Fähigkeiten gegenseitig zu schätzen gelernt hatten. Niall strich ihr das Haar aus dem Gesicht und küsste sie auf die Stirn.

„Frühstücke erst, Liebste, dann bringen wir unser Werk zu Ende. Was auch geschieht, wir schmieden das beste verdammte Schwert, das die Welt je gesehen hat."

Alanna machte keine Anstalten zu essen. „Lass es uns jetzt fertigstellen. Als Fee brauche ich nicht so viel Nahrung wie ihr Shifter und die Menschen."

„Jetzt fang schon an zu essen, Weibsbild. Du bist in dieser Welt schwächer als sonst, und das ganze Eisen wird dir zusätzlich Kraft rauben."

„Ja, Teuerster." Alanna setzte sich und sah ihn unterwürfig an. „Was auch immer du möchtest, Teuerster."

Er kniff die Augen zusammen. „Dein Bruder hat keine Ahnung, was für eine streitsüchtige Hexe er bei sich beherbergt, nicht wahr?"

Sie grinste. „Gefalle ich dir so nicht am besten?"

„Beißzange." Niall beugte sich zu ihr und küsste sie. „Kaum zu glauben, dass ich dich für herzlos und spröde gehalten habe, als du in meine Schmiede gekommen bist."

„Du hast mich gewärmt."

„Stimmt, ich habe dir den Mantel umgelegt."

„Das habe ich nicht gemeint."

Niall küsste sie erneut. „Ich weiß."

Er schnappte sich Brot und Käse, nahm einen Schluck Ale, schritt aus der Hütte und ließ dabei eine kühle Brise ins Haus.

Alanna fröstelte wieder, doch sie fühlte sich nicht mehr so unbehaglich wie am Abend zuvor. Es war kalt in diesem Menschendorf namens Baile Ícín, aber sie wusste, solange Niall sie warm hielt, würde sie es ertragen können.

## KAPITEL FÜNF

Was auch immer Alannas Zauber sonst noch bewirkten, in jedem Fall beschleunigten sie die Fertigstellung des Schwertes. Die Fee wirkte ihre Magie, und Niall sah ihre Runen immer wieder im Metall aufleuchten, während er den Erl formte, den Griff schmiedete und anschließend die Klinge schliff. Für den letzten Zauber schloss Alanna die Augen und verfiel in einen Singsang, wobei ihr Schweißperlen auf die Stirn traten.

Ein letztes Mal glühten die Runen auf, und als sie wieder verblassten, zierten feine Linien das gesamte Schwert und den Griff. Sie bildeten filigrane Muster, die ineinander verwoben waren und Runen einfassten, als hielten sie das Schwert und den Griff zusammen. Obwohl Alanna verstummt war, glaubte Niall, noch immer ihre Stimme zu hören, und ihm war, als flüsterte das Schwert selbst leise Worte.

Der Schmied hob die Klinge und stellte fest, dass sie perfekt ausbalanciert und scharf war. Wenn er es nicht besser gewusst hätte, hätte er schwören können, ein Schwert aus dem besten, härtesten Damaszenerstahl in Händen zu halten. Er vollführte ein paar Hiebe und war erstaunt über die Waffe, die er selbst geschaffen hatte.

Nein, die sie zusammen geschaffen hatten.

„Wir haben ein gutes Schwert geschmiedet", verkündete er stolz. „Möchtest du mir jetzt vielleicht verraten, wofür ihr es braucht?"

Alanna legte sich die Arme um die Brust. „Es ein Zeremonienschwert. Für meinen Bruder."

„Das habe ich mir schon gedacht. Was für Zeremonien wird er damit abhalten?"

„Das möchte ich dir nicht sagen."

Niall holte noch einmal mit dem Schwert aus und verhielt erst, als die Klinge nur noch wenige Zentimeter von Alannas Kehle entfernt war. Die Fee zuckte nicht zurück, doch er sah, dass sie für einen kurzen Augenblick die Luft anhielt. „Sag schon, Liebste."

„Wenn ich es dir verrate, wirst du versuchen, Kieran zu töten, und dann wird er dich und deine Söhne vernichten. Er wird dabei so langsam und qualvoll vorgehen, dass du vermutlich um ihren Tod betteln wirst. Genau wie um deinen eigenen. Bitte, ich würde das nicht ertragen."

In ihren Augen brannte Furcht, dennoch schüttelte Niall den Kopf. „Er wird mich ohnedies töten, Liebste. Lieber stürze ich mich auf ihn und reiße ihn mit in den Tod."

„Niall." Alanna ging einen Schritt auf ihn zu und nahm dabei in Kauf, dass sie sich an der Schwertspitze schnitt. Ein Tropfen Feenblut in einem so dunklen Rot, dass es fast schwarz aussah, quoll aus der Wunde und rann ihr den Hals hinab. Schnell zog Niall das Schwert zurück und wischte das Blut mit dem Daumen von ihrer Haut.

„Ich bin als Unterpfand zu dir geschickt worden", sagte Alanna. „Habe dir versprochen, dass ich dafür sorgen werde, dass deine Söhne freikommen. Dieses Versprechen werde ich halten. Doch dazu muss ich dich ein weiteres Mal bitten, mir zu vertrauen. Lass mich das Schwert zu meinem Bruder bringen, lass mich meinen Teil unserer Vereinbarung erfüllen. Deine Söhne werden noch heute zu dir zurückkehren. Ich flehe dich an."

„Du bist vollkommen verrückt, weißt du das? Willst du deinem Bruder dieses Schwert in den Leib rammen? Sag mir bitte, dass du nichts derart Törichtes im Sinn hast."

Alanna schüttelte den Kopf. „Ein verlockender Gedanke, aber das werde ich nicht tun. Er rechnet ohnehin mit einer solchen Tat. Höchstwahrscheinlich würden mich seine Bogenschützen erschießen, sobald ich das Schwert hebe."

„Dann ist ja gut." Niall legte die Waffe weg und schloss die Arme um sie. „Du darfst dein Leben nicht einfach verwirken, um Rache zu üben. Das ist es nicht wert."

„Du hättest mich bedenkenlos getötet, als ich bei dir erschienen bin."

„Ich bin meinen Instinkt gefolgt. Du bist eine Fee, ich bin ein Shifter."

„Wie ist es jetzt?"

Niall strich ihr über das Haar, das sich wunderbar

weich anfühlte. Obschon Alanna noch vom Schlaf zerzaust und rußverschmiert war, war sie wunderschön. „Ich glaube, du hast etwas in mir geweckt, das lange Zeit geschlafen hat. Kann ein Shifter eine Fee lieben?"

„Ich weiß es nicht. Diese Fee hat einst einen Menschen geliebt. Und möglicherweise kann sie sogar einen Shifter lieben."

Er nahm ihr Gesicht in beide Hände. „Was sollen wir tun?"

„Lass mich meine Aufgabe vollenden. Wenn ich dann noch am Leben bin, werde ich zu dir zurückkehren, und dann finden wir heraus, was mit uns geschieht."

In diesem Moment erkannte Niall, dass sie nicht davon ausging, mit dem Leben davonzukommen, wenn ihr Bruder seine Pläne in die Tat umsetzte. Ihr war bewusst, dass sie sich vermutlich würde opfern müssen, um seine Kinder zu retten, und sie war mehr als bereit dazu.

Niall zog sie an sich. Er schwor sich in diesem Augenblick, sie zu beschützen. Er würde ihr vertrauen, was sie auch vorhatte, denn im Gegensatz zu ihm kannte Alanna einen Weg, um seine Jungen zu befreien. Doch er würde nicht zulassen, dass sie dafür mit ihrem eigenen Leben bezahlte. Niall würde sie beschützen wie ein Shifter seine Gefährtin.

Wenn sie das beide überlebten, würde Niall einen anderen Clananführer aufsuchen und ihn bitten, ihn und Alanna in der Zeremonie unter der Sonne und unter dem Vollmond zu vereinen, im Angesicht des Gottes und der Göttin. Nialls Clanoberhaupt lebte schon lange nicht mehr, was ihn selbst zum Anführer machte – auch wenn sein Clan ziemlich klein war, da er nur aus ihm und seinen Söhnen bestand, wie er sich mit einem Grinsen eingestand. Für die Zeremonie, mit der sie den Gefährtenbund eingehen würden, bedurfte es eines anderen Clananführers.

*Immer schön eins nach dem anderen.*

„Ich lasse dich nicht gehen, liebste Alanna", flüsterte er und küsste sie auf die Lippen. „Noch nicht."

Alanna erwiderte den Kuss stürmisch. Niall nahm das Schwert und führte sie zurück in die Hütte, wo sie einander im Licht der aufgehenden Sonne liebten.

~

ALS ER SPÄTER IN SEINEM BETT ERWACHTE, WAR Alanna verschwunden. Vollkommen verschwunden – er nahm nicht einmal mehr ihren Duft in der Hütte wahr. Ihre Seidengewänder hingen nicht länger neben seinem Wams am Haken, und das Schwert, das er neben das Bett gelegt hatte, fehlte.

Niall stand auf und nahm die Gestalt seiner Feenkatze an.

Viele tausend Jahre zuvor hatten die *Sidhe* aus den prächtigsten Exemplaren aller auf Erden wandelnden Raubkatzen die Feenkatzen gezüchtet, die größer und stärker waren als ihre in der Natur vorkommenden Artgenossen. Feenkatzen waren stark wie Löwen, wild wie Tiger, schnell wie Geparde und verstohlen wie Panther. Die Shifter eines Clans ähnelten alle einer bestimmten Raubkatzenart mehr als den anderen, und in Nialls Familie hatte stets der Löwenanteil dominiert.

In Löwengestalt sprang Niall in großen Sätzen aus der Hütte und in den dichten Nebel, der langsam vom Meer über das Land zog.

Alanna war nicht in der Schmiede. Er nahm ihre Witterung auf dem Pfad auf, der zu dem Hügel über dem Dorf führte, auf dem ein Steinkreis stand, den selbst die ungläubigen Dorfbewohner mieden.

Als Niall dort ankam, waberte Nebel zwischen den Steinen, und es roch völlig anders als sonst. Statt des Hauchs von Salz und Fisch, der sonst mit dem Nebel ins Dorf kam, witterte der Shifter einen beißenden Gestank, der von einer scharfen Minz-Note überdeckt wurde.

Ein Feentor. Niall betrachtete es mit Unbehagen, ehe er merkte, dass Alannas Duft schnell verflog. Seine Söhne waren jenseits dieses Tores, und jetzt auch sie.

Ohne einen weiteren Gedanken daran zu verschwenden, sprang Niall in den Nebel zwischen zwei Steinen und hörte, wie sich mit einem leisen Klicken etwas hinter ihm schloss.

## KAPITEL SECHS

Als Alanna eintraf, war ihr Bruder gerade jagen, was nicht ungewöhnlich war. Kieran verbrachte den Großteil seiner Zeit mit der Jagd, die allerdings so vonstattenging, dass seine Männer Tiere in seine Richtung scheuchten, damit er sie erlegen konnte.

Kieran stand in einer weißen Tunika, Fellstiefeln und einem pelzbesetzten Mantel auf einer nebelverhangenen Lichtung und sah aus wie ein Feenprinz aus dem Bilderbuch. Sein weißblondes Haar zierte ein Diamantdiadem. Zwei Männer flankierten ihn – einer trug Kierans Bogen, der andere den Köcher voller Pfeile.

Als Alanna nähertrat, nahm Kieran den Bogen, zielte auf die Wälder vor ihr und schoss. Sekundenbruchteile später rannte ein Wolf aus dem Nebel in Richtung des dichten Buschwerks auf Alannas Seite der Lichtung. Der Wolf war größer als die meisten seiner Artgenossen, und in seinen blau-weißen Augen blitzte Intelligenz.

Er sah Alanna und wich in letzter Sekunde aus. Kieran hatte bereits einen zweiten Pfeil verschossen, der nun dort an einem Felsen abprallte, wo wenige Augenblicke zuvor noch der Wolf gestanden hatte.

Kieran gab seinem Diener unsanft den Bogen zurück und knurrte: „Verdammt noch mal, Alanna. Diesen Wolf habe ich die ganze Nacht verfolgt."

Viel wahrscheinlicher war es, dass seine Fährtenleser den Wolf für ihn aufgespürt hatten, während der Prinz sich mit Wein hatte volllaufen lassen und dann in seinem luxuriösen Bett geschlafen hatte. „Das war kein einfacher Wolf", erwiderte Alanna. „Sondern ein Feenwolf. Ein Shifter."

„Es war ein verdammtes Tier, genau wie jedes andere. Jeder Shifter in meinem Reich ist Freiwild."

Da hatte er recht. Kein Shifter wäre freiwillig in diese Lande gekommen, was bedeutete, man hatte den Lupid entweder eingefangen oder irgendwie hergelockt. Sie wusste nicht genug über die Shifter, um das Geschlecht des Feenwolfs zu bestimmen, doch sie musste sich unweigerlich fragen, ob Kieran wohl auch seine Jungen geraubt hatte. Sie hoffte, er würde den Weg zurück zu den Steinen und in die Welt der Menschen finden.

Kierans gieriger Blick fiel auf das Schwert in ihren Händen, und der Lupid war vergessen. Er bedeutete Alanna mit einem Fingerschnippen, zu ihm zu kommen. Sie gehorchte, übergab ihm das Schwert und machte vor ihm einen Knicks.

„Ausgezeichnet." Kieran hob die Klinge und vergewisserte sich ihrer Ausgewogenheit. „Vorzügliche Arbeit."

„Wofür brauchst du es?", fragte Alanna.

„Das ist ganz einfach, Schwester. Um die Shifter zu besiegen."

Niall hatte Alanna vorgeworfen, genau zu wissen, wozu Kierans Zauber dienten, und sich in diesem Punkt nicht getäuscht. Es hatte sich aber ihrer Kenntnis entzogen, was genau ihr Bruder mit dem Schwert vorhatte.

„Sie besiegen?", fragte sie ungläubig. „Der Shifter sagte, das Schwert tauge nicht zum Töten. Dafür sei es trotz der Zauber nicht haltbar genug."

Kieran wandte den Blick nicht von der verzierten Klinge. „Ist dir bewusst, dass ich nach unserem Großvater benannt wurde, den eine Horde Lupidshifter getötet hat? Dämonen in Tierhäuten. Ich trage das Vermächtnis König Kierans in mir. Mit diesem Schwert werde ich ihn rächen."

Alanna bekam eine Gänsehaut. „Wie willst du das machen? Die Shifter, die ihn umgebracht haben, sind längst tot. Du weißt doch, dass Shifter nicht besonders lange leben, höchstens drei oder vier Jahrhunderte. Es wäre ein schwieriges Unterfangen, ihre Nachkommenschaft zu suchen. Mittlerweile haben sich die Shifter über die ganze Menschenwelt verteilt."

Kieran warf ihr einen mitleidigen Blick zu. „Ach Schwesterherz, du bist so einfältig. Ich muss nicht nach ihrer Nachkommenschaft suchen. Ich habe die Shifter von damals gefunden. Ich habe ihre Knochen."

Er machte eine kurze Geste, und der Nebel auf der anderen Seite der Lichtung verflog. Ein Dutzend nebeneinanderliegender, überwucherter Grabhügel wurde sichtbar.

Alanna riss die Augen auf. „Wie bist du an sie gekommen?"

„Meine treu ergebenen Männer haben die Gräber der Lupide aufgespürt, die unseren Großvater in Stücke gerissen haben. Ich habe die Gebeine herbringen und wieder vergraben lassen. Es hat eine ganze Weile gedauert, sie alle zu finden."

Alanna starrte ihn bestürzt an. „Wozu?"

„Für den heutigen Tag." Kieran hob wieder das Schwert. „Bist du nicht dahintergekommen, wofür die Zauber, die ich dir aufgetragen habe, dienen? Du bist eine begabte Magierin, meine Liebe, die einzige, die den Mut aufgebracht hat, den Shifter-Meisterschmied in der Menschenwelt aufzusuchen. Du hast sicher erkannt, was die Zauber bewirken."

Alanna schluckte. „Du wolltest einen Seelenhäscher herstellen lassen."

„Offenbar bist du doch noch nicht vollkommen verblödet. Nein, ich kann die Shifter, die unseren Großvater ermordeten, nicht mehr töten. Doch wenn ich ihre Seelen fange und sie meinem Willen unterwerfe, werden sie bis in alle Ewigkeit leiden."

Alanna ließ den Blick über die Grabhügel schweifen, die trist und ungeschützt vor ihr lagen. „Aber diese Shifter sind doch schon unheimlich lange tot. Müssten ihre Seelen nicht längst verschwunden sein?"

„Normalerweise schon, aber nicht in diesem Fall. Als sie ihn getötet haben, hat unser Großvater seine Angreifer verflucht, sodass ihre Seelen in ihren Knochen gefangen blieben. So konnten sie nicht einfach ins Sommerland eingehen und dort fröhlich Hasen jagen."

Alanna verbarg ihre Abscheu vor ihrem Bruder. Selbst die Seelen von Feen verflüchtigten sich, wenn sie das Ende ihres langen Lebens erreichten. Sie schwebten dann erlöst und frei von ihrem körperlichen Gefängnis von dannen, während sich auch die Körper auflösten. Eine Seele in ein kaltes, dunkles Grab zu verbannen schien ihr der Gipfel der Barbarei.

„Geht es ihnen dann nicht ohnehin schon schrecklich elend?", fragte sie.

„Wohl möglich. Aber wenn ich über ihre Seelen gebiete, werden sie meinem Willen folgen, und erst dann wird ihnen ihr Leid wirklich bewusst. Dafür werde ich sorgen."

Um den Anschein zu erwecken, all das mache ihr nichts aus, zuckte Alanna die Achseln, obgleich sie innerlich schauderte. Sie musste Kieran im Glauben lassen, sie stünde auf seiner Seite, zumindest so lange, bis ihre eigenen Ränke Früchte trugen. Auch wenn er sie danach tötete.

„Nun denn, was auch immer du mit den Seelen dieser Hunde vorhast, der Schwertmacher hat sich an seinen Teil der Vereinbarung gehalten", setzte sie an. „Ich werde seine Söhne zurück in die Menschenwelt bringen."

„Ich treffe keine Abmachungen mit Shiftern." Kieran schnippte mit den Fingern. „Ihr beide. Holt die Shifterbrut her."

Die beiden Diener verschwanden und kehrten kurze Zeit später mit den sich windenden, in Netzen gefangenen Jungen in Katzengestalt zurück. Dann ließen beide fluchend ihr Bündel fallen.

„Sie weigern sich, Menschengestalt anzunehmen, Hoheit", keuchte einer der Diener.

Alanna ging neben den gefangenen Jungtieren in die Hocke, blieb aber außer Reichweite ihrer krallenbewehrten Tatzen. „Liebe Grüße von eurem Vater", wisperte sie. „Ich soll euch sagen, er ist stolz auf euch."

Die kleinen Katzen sahen sie misstrauisch an und fauchten unablässig.

„Lass uns die Klinge an ihnen erproben", schlug Kieran vor.

Alanna erhob sich. „Du sagtest doch, das Schwert sei nicht zum Töten."

„Ist es auch nicht, aber es wird schon gehörig Schaden anrichten. Sie sind noch klein, ich stelle mir ihre Seelen irgendwie … putzig vor."

Alanna wollte sich Kieran gerade in den Weg stellen, als eine riesige Feenkatze über die Lichtung gestürmt kam und auf sie beide zusprang.

*Niall …*

Er war ihr gefolgt. Entsetzt musste Alanna mit ansehen, wie die Wachen und Diener ihn angriffen. Niall wehrte sich mit aller Kraft, doch zehn Feen waren zu viel für einen Shifter, und sie überwältigten ihn schnell. Als die Feenkrieger ihm ein Netz überwarfen, verfiel Niall in Raserei, versuchte mit Zähnen und Klauen, die Seile zu durchtrennen, während ihm Schaum und Blut aus dem Maul liefen.

Kieran rannte wutentbrannt auf Niall zu. „Dann teste ich die Klinge eben an ihrem Erschaffer."

Alanna war starr vor Angst, doch Niall tobte so wild, dass Kieran nicht nahe genug an ihn herankam.

Seine Leibwächter mahnten den Prinzen, von seinem Plan abzulassen.

„Sag ihm, er soll sich zurückverwandeln", schrie Kieran Alanna an. „Er verwandelt sich auf der Stelle zurück, sonst schlachte ich seine Jungen."

Alanna verschränkte die Arme, spielte aber weiter mit. „Warum sollte er auf mich hören? Ich bin eine Fee. Er war die ganze Zeit über garstig zu mir. Shifter hassen mich. Ich hoffe, das freut dich."

Nialls Brüllen dröhnte über die Lichtung. Angespornt vom Zorn ihres Vaters setzten sich auch seine Kinder heftiger zur Wehr und heulten.

„Dann durchbohre ich den Mistkerl eben mit einem Pfeil", fauchte Kieran. „Eine gute Zielübung."

Alanna berührte ihren Bruder am Arm und versuchte, ruhig weiterzusprechen. „Warum zeigst du dem Shifter-Schmied nicht, wofür das Schwert gut ist?"

Kieran hielt inne, und ein boshaftes Lächeln machte sich auf seinen Zügen breit. „Schwester, du hast ja doch das Zeug zu einer echten Fee. Sieh her, Shifter. Lass mich dir demonstrieren, wie ich dir mithilfe der Vergangenheit in der Gegenwart wehtun kann."

Der Prinz warf seinen Mantel zurück, während er auf den nächsten Grabhügel zuschritt. Er hob das schimmernde Schwert hoch über den Kopf und stieß die Spitze direkt in den Hügel.

Ein Lichtblitz fuhr an der Klinge entlang, und Erde spritzte aus dem Grab empor. Rauch stieg aus dem Loch hervor und verdichtete sich zur schattenhaften Gestalt eines Feenwolfs.

Kieran lachte. Er schritt die Grabhügel der Reihe nach ab und setzte die Essenz der Feenwölfe frei, die Gestalt annahmen und dann körperlos über ihren letzten Ruhestätten schwebten.

Kieran gestikulierte mit dem Schwert. „Dies sind die Seelen derer, die meinen Großvater getötet haben." Er wandte sich ihnen zu und breitete die Arme aus. „Ihr werdet euch mir ergeben und euch meinem Willen unterwerfen. Ihr werdet den Feldshifter und seine Jungen töten."

Die Gestalten umwirbelten ihn, zogen Nebelfäden wie Lumpen hinter sich her. Alanna hielt den Atem an und schlug die Hand vor den Mund.

Damit hatte sie nicht gerechnet. Sie hatte die Zauber verändert, die sie in das Schwert gewoben hatte, hatte Kierans Magie durch ihre eigene ersetzt. Sie wusste, ihre magischen Kräfte reichten dafür aus. Sie hatte die Zauber so verändert, dass ein Stoß des Schwertes die Seelen befreien, nicht versklaven würde. Die Wölfe hätten sich auflösen müssen, ihre Seelen auf ewig frei.

Stattdessen verweilten die geisterhaften Lupide wie Wölfe, die ihre Beute umzingelten.

*Beute ...*

„Kieran!", schrie Alanna. „Lass das Schwert fallen. Lauf!"

Kieran schenkte ihr keine Beachtung. Er zog die Klinge des Schwertes durch die geisterhaften Kreaturen. „Gehorcht mir, Todesalben. Ihr seid nun mein."

Die Wölfe umkreisten ihn, ihre Augen leuchteten gelb durch den Nebel. Wie auf ein Kommando griffen sie alle an. Kieran gab einen überraschten Laut von sich, als das Rudel sich in wilder Freude auf ihn stürzte, dann gellten seine Schmerzensschreie über die Lichtung.

## KAPITEL SIEBEN

Niall nahm Menschengestalt an und beobachtete erstaunt, wie sich die Geisterwölfe auf Kieran stürzten. Sie bestanden aus Rauch und Nebel, hätten also außerstande sein müssen, ihn zu berühren, und doch zerfetzten ihn die Wölfe. Kierans schneeweißer Mantel färbte sich scharlachrot. Seine Wachen und Diener wandten sich entsetzt ab und flohen, statt ihrem Herrn zu Hilfe zu eilen.

Das Schwert flog Kieran wie aus eigenem Antrieb aus der Hand und landete zu Nialls Füßen. Wieder schrie die Fee.

Die Wölfe rissen den Prinzen wild fauchend in Stücke, töteten ihn mit ihren Zähnen und Klauen. Die Arme um sich geschlungen und die Augen weit aufgerissen beobachtete Alanna den langsamen Tod ihres Bruders. Seine Schreie wurden zu einem Flehen um Gnade, das bei den Wölfen jedoch auf taube Ohren stieß.

Schließlich zerfetzte ihm einer der Wölfe die Kehle. Der Lupid trat zurück, die Schnauze blutverschmiert und Triumph in den Augen. Zu Füßen des Wolfs verging Kierans blutiger Leichnam, zerfiel zu Staub.

Still umkreisten die Wölfe die Überreste des Prinzen, dann hoben sie die Häupter und heulten. Es war nur ein schwacher Abglanz eines Wolfsgeheuls, geisterhaft und dumpf, doch es schwang Triumph darin mit.

Sie verwandelten sich in ein Dutzend Männer mit breiten Schultern, wehendem Haar und den bei Lupiden so weit verbreiteten hellblauen Augen. Sie warfen Niall und Alanna einen dankbaren Blick zu, verwandelten sich wieder in Wölfe und verschwanden. Rauchfäden wirbelten gen Himmel und verflogen.

Alanna rannte zu dem zu Boden gefallenen Schwert, nahm es auf und eilte zu Niall und seinen Jungen. Rasch durchschnitt die Klinge das Netz, in dem Niall gefangen war, dann befreite Alanna auch Piers und Marcus.

Die beiden Wildkatzenkinder verwandeln sich in Jungen und stürzten zu Niall, um ihn zu umarmen. Tränen rannen über Nialls Gesicht, als er niederkniete und sie in die Arme schloss.

Er sah über ihre Köpfe hinweg zu Alanna, die mit vor Schreck geweiteten Augen, das Schwert fest umschlungen, direkt hinter ihnen stand.

„Alanna", sagte er und versuchte dabei, seine bebende Stimme im Zaum zu halten. „Was ist passiert? Was hast du getan?"

Alanna hob das Kinn. „Kieran hat mir befohlen,

einen Seelenhäscher herzustellen, doch ich habe mich ihm widersetzt und stattdessen mit meinen Zaubern einen Seelenerlöser erschaffen. Statt die Seelen dieser Shifter zu binden, hat die Klinge sie befreit, als sie mit den Gebeinen in Berührung gekommen ist." Ihr Atem ging stoßweise, sie war kreidebleich und sah schwach aus. "Das hatte ich jedenfalls vor. Ich habe nicht geahnt, dass die Shifter auf diese Weise Rache an Kieran üben würden. Ich wusste nicht, dass das überhaupt möglich ist."

So entsetzlich Kierans Tod auch gewesen war, Niall konnte seine Genugtuung darüber, dass die grausame Fee, die seine Kinder entführt hatte und sie alle getötet hätte, Geschichte war, nicht verhehlen. "Wenn sie ihn nicht in Stücke gerissen hätten, hätte der Prinz uns alle getötet."

Alanna nickte. "Mich auf jeden Fall. Ich hatte darauf gehofft, dass du und deine Jungen würdet fliehen können, wenn er sich auf mich stürzt."

Niall erhob sich rasch. "Das war dein Plan? Du wolltest, dass ich wegrenne, während du in Lebensgefahr schwebst? Kein Shifter würde seine Gefährtin je so im Stich lassen, Frau."

"Was geschehen ist, ist geschehen, Niall. Du musst jetzt verschwinden. Wenn sie dich hier finden, werden sie dich für den Schuldigen halten. Kierans Cousin, sein rechtmäßiger Nachfolger, hat zwar nie irgendwelche Sympathien für den Prinzen gehegt, aber er könnte Kierans Anhänger auf seine Seite ziehen, indem er ein Exempel an dir statuiert."

Niall zog seine Söhne enger an sich. Sie hatten

Angst, waren aber unverletzt, robust wie alle Shifterkinder. „Woher weiß ich, dass sie uns nicht in die Welt der Menschen folgen?"

„Die meisten Feen mochten Kieran auch nicht", erklärte Alanna. „Ich bezweifle stark, dass auch nur eine von ihnen das Risiko auf sich nimmt, in die Welt der Menschen zu reisen, um ihn zu rächen."

„Du kannst auch nicht hierbleiben, Mädchen. Dich werden sie genauso für seinen Tod verantwortlich machen."

Alanna sah ihn lange nachdenklich an. „Wenn du deine Stahlmesser durch Bronzebesteck ersetzt, kann ich dir vielleicht tatsächlich Frühstück machen."

Niall sprang fast das Herz aus der Brust. Er streckte den Arm nach ihr aus und zog sie in den Kreis seiner Familie. „Du hast meine Söhne und mich gerettet. Du kannst so lange bei uns bleiben, wie es dir beliebt."

Ihr Duft hüllte ihn ein, ihr frischer, anmutiger und wunderschöner Duft. Niall konnte sich nicht erklären, weshalb er ihn je widerlich gefunden hatte. Er legte sich um sein Herz, ebenso wie die Wärme des neuen Bundes, der zwischen ihnen wuchs.

Alanna reichte ihm das Schwert. „Das gehört dir."

Niall schloss die Hand um den Griff. Es fühlte sich gut an, fast, als hätte er es für sich selbst angefertigt. Vielleicht war das auch gar nicht so falsch. „Ein Seelenerlöser?"

„Meine Magie befähigt dieses Schwert, jede Shifterseele, die an ihren Körper gebunden oder dem Willen eines anderen unterworfen werden soll, zu befreien. Die Seelen der verfluchten Lupide, die in ihren Gräbern gefangen waren, sind endlich ins Sommerland gezogen."

Niall betrachtete die geschwungenen Linien und Runen, die die gesamte Klinge und den Griff zierten. „Warum hast du das getan? Warum hilfst du uns Shiftern? Du bist schließlich eine Fee."

„Viele Feen sind von edler Natur. Manche, wie Kieran, unser Großvater oder unsere Vorfahren, die euch Shifter erschufen und versklavt haben, sind verdorben – selbst ihr eigenes Volk hält sie für grausam. Feen leben sehr lange, und nun, da wir jenseits der menschlichen Welt wandeln, sehen wir einige Dinge anders. Kieran war wie ein rachsüchtiges Kind, das einer Fliege die Flügel ausreißt, nur weil sie ihn geärgert hat. Ich konnte nicht zulassen, dass er damit durchkommt."

Auch die Jungen starrten das Schwert mit leuchtenden Augen und der Faszination an, die Waffen wie diese auf Heranwachsende ausübten. Niall ahnte bereits, dass er ihnen lang und breit würde erklären müssen, warum sie es nicht berühren durften.

„Warum hast du mir das nicht gesagt?", fragte er. „Warum hast du mich nicht in deine Pläne eingeweiht, als wir das Schwert gemeinsam geschmiedet haben?"

„Als ich in deine Schmiede kam, hast du keinen Hehl daraus gemacht, dass du Feen verabscheust. Warum hättest du mir helfen sollen? Du bist ein Shifter. Ehrlich gesagt habe ich auch einfach nicht damit gerechnet, dass du mir glauben würdest."

„Damit hattest du recht, Liebste. Ich hätte dir nicht

geglaubt." Der Gedanke daran, in welch große Gefahr sie sich begeben hatte, als sie das Schwert ins Feenreich gebracht und genau gewusst hatte, dass ihr Bruder den Verrat entdecken würde, versetzte ihm einen Stich ins Herz. „Du hättest mir heute Morgen erzählen können, was du vorhast."

„Ich wollte, dass deine Kinder nach Hause zurückkehren, noch bevor du erwachst. Ich hätte nie geglaubt, dass du töricht genug bist, um mir ins Feenreich zu folgen."

„Du hältst mich für töricht?" Niall drehte ihren Kopf zu sich und drückte ihr einen flüchtigen Kuss auf die Lippen. „Wer von uns beiden ist denn im Alleingang und in der Absicht losgezogen, sich selbst zu opfern? Wir können uns allerdings auch später noch darüber streiten, wer von uns beiden der größere Narr ist. Lasst uns verschwinden, ehe die Schergen deines Bruders zurückkommen."

Sie kehrten durch die Nebel und den Steinkreis zurück in den stürmischen Wind des tosenden Meeres, wo das Licht auf den Wellen und dem satten Grün der Großen Insel jenseits der Meeresenge tanzte. Alannas Haar wurde aufgewirbelt und glänzte dabei wie Gold.

Sie kehrten in die Hütte zurück, und Piers und Marcus stillten ihren Riesenhunger, während sie die beiden Erwachsenen voller Enthusiasmus mit Geschichten über ihre Abenteuer unterhielten. Niall hängte das Schwert mit der Spitze nach unten an die Wand. Die Klinge schimmerte sanft.

„Pass gut darauf auf", sagte Alanna vom Küchentisch aus. „Und führe es weise."

„Es gibt so viele Shifter", erwiderte Niall. „Ich

kann nicht überall zur selben Zeit sein und darauf warten, dass ein Shifter seine Seele zu verlieren droht."

„Dann fertigen wir noch mehr davon an. Wir schmieden so viele Schwerter, dass jeder Shifterclan eines in seinem Besitz hat. Dann ist dein Werk getan. Du bist schließlich der beste Schwertmacher der Welt."

„Ich bin so froh, dass du an mich glaubst, Liebste."

Alanna stand auf, schmiegte sich in seine Arme und küsste ihn auf die Lippen. Piers und Marcus kicherten über das seltsame Verhalten der Erwachsenen.

„Natürlich glaube ich an dich", erwiderte sie. „Glaubst du denn auch an mich?" Sie senkte die Stimme und flüsterte: „Hast du die Antwort auf die Frage von gestern Nacht schon gefunden? Kann ein Shifter eine Fee lieben?"

Niall umschloss ihr Gesicht mit beiden Händen und sah ihr in die wunderschönen, dunklen Augen. „Wenn du die Fee bist, kann ich das womöglich. Kannst du einen Shifter lieben, der ständig rußverschmiert ist und nach Eisen riecht?"

„Dich kann ich lieben, Niall O'Connell."

„Ich wäre allerdings nicht häufig daheim, Mädchen, wenn ich für jeden Shifterclan eines dieser Schwerter schmieden soll."

Alanna schenkte ihm ein Lächeln, das gleichermaßen Ausdruck ihrer Stärke und ihres Mitgefühls war. „Wir werden sie gemeinsam erschaffen. Jeden Schritt, jeden Hammerschlag vollführen wir gemeinsam."

„Das klingt wunderbar. Aber auch nach einem Haufen Arbeit."

„Ist es das nicht wert?"

„Ja, Liebste." Niall versank in ihrer Wärme, eroberte mit einem langen Kuss ihre Lippen und scherte sich nicht um das Lachen seiner Söhne. Dieses Lachen war ein Ausdruck von Liebe, und es tat ihm gut. „Das ist es mehr als wert."

ÜBER DEN AUTOR

Die New-York-Times-Bestsellerautorin Jennifer Ashley hat unter den Namen Jennifer Ashley, Allyson James und Ashley Gardner mehr als fünfundachtzig Romane und Novellas veröffentlicht. Unter ihren Büchern finden sich Liebesromane, Urban Fantasy und Krimis. Ihre Veröffentlichungen sind mit zahlreichen Preisen ausgezeichnet worden – beispielsweise dem RITA Award der Romance Writers of America und dem Romantic Times BookReviews Reviewers Choice Award (unter anderem für den besten Urban Fantasy, den besten historischen Kriminalroman und einer Auszeichnung für ihre Verdienste im Genre des historischen Liebesromans). Jennifer Ashleys Bücher sind in ein Dutzend verschiedene Sprachen übersetzt worden und haben besonders hervorgehobene Kritiken der Booklist erhalten.

Mehr über die „Shifters Unbound"-Serie erfahren Sie auf www.jenniferashley.com.

Made in the USA
Columbia, SC
21 December 2017